# 歌集　とつくにの旅

加藤隆久

国書刊行会

ドイツ　ノイシュバンシュタイン城

イスラエル　オレンジの丘より望むエルサレムの聖地

ヴェツレヘム聖誕教会（イエス・キリスト生誕の聖地）

エルサレム　嘆きの壁

イスラエル　マサダ遺跡

イタリア　バチカン市国　ローマ法王ヨハネ・パウロ２世

ソルトレーク国際大会　　ビチャイ・ラクタル氏と

アメリカ　ソルトレークシティ　国際ロータリー元会長ビチャイ・ラタクル氏

クロアチア民族舞踏団

キューバ民族舞踏団

生田神社神事芸能団

ドイツ　フロンメルン民俗舞踏団クラブハウス

イスラエル・海抜マイナス 417m の死海

とつくにの旅の土産と旅行鞄

# はじめに――生田神社と地震と歌心――

大学の卒業論文は、備前岡山（私の出生地）の国学者で、正岡子規が「墨汁一滴」の中で絶讃した近世の万葉調歌人平賀元義をとりあげ、論文の中心は、「平賀元義の和歌に現れた神道観」でした。大学院の修士論文は「熊野三山信仰の源流と展開」でありました。ここでも「明月記」をはじめ「後鳥羽院熊野御幸記」「梁塵秘抄」「宴曲抄」等熊野三山信仰を詠んだ和歌を一つの研究史料にあげ、「文学に現れた熊野信仰」の項目を立て、新古今集・玉葉集・風雅集・新拾遺和歌集などの中から熊野信仰の和歌を抽出して論じました。

さらに、博士論文は「神道津和野教学の研究」（全三巻・国書刊行会発行）で、その中心人物岡熊臣の神道論・神道教学古典研究・死生観などが中心でしたが、熊臣は桜舎と号して和歌をよくし、「桜舎歌集」「三因三百首」「詠史人物題百首」「柿本社還願奉納詠百首」「高角廟奉納千首歌」「勧進奉納高角廟千首歌」など多くの和

歌を残しています。そして熊臣は、神職の勤めの要諦の一つとして、
時々和歌の道心懸くべし、それ歌道は神道の羽翼、人情の根元を知るべきなり。神職たる者神道歌道の大意を知らずば奈何ぞ、神霊感応の境に到らむ。
と述べ、神職たる者は、歌を詠む事の必要性を説いております。私の父鋑次郎も歌人で白魚と号し、生前「白魚歌集」「続白魚歌集」「喜寿白魚歌集」の三冊の歌集を刊行しています。

かくの如く私の学問研究や生活環境の中に「和歌の心」はしみついておりました。しかるに私はこれまで自ら歌を詠む事をしないまま平成七年正月を迎えたのであります。そして、一月十七日午前五時四十六分、淡路北淡町を震源地とするマグニチュード七・三という未曾有の大地震が起りました。これまで体験した事のない大地震で目覚めました。生田神社の御社殿の倒壊はもとよりビルや民家が倒壊、高速道路も寸断、神戸では生き埋めの人々や死傷者が六千数百人も出ました。火事や停電が相次ぎ、交通機関はすべてストップするなど、神戸の街はパニック状態となりました。この被災体験をしたショックで突如私の歌心が湧き起りました。

朝まだき床突きあぐる上下動怒濤のごとき南北の揺れ
マグニチュード七・二てふ大地震《なゐ》は神戸の街を崩《く》え散《はら》らかせり
御社殿《みあらか》も石の鳥居も灯籠もあはれ瞬時に崩れ倒れぬ
うるはしき唐破風《からはふ》持ちし拝殿は地上に這《は》ひて獣《けもの》のごとし
皇神《すめがみ》の鎮《しづま》り給ふ本殿は涙のにじむ目交《まなかひ》にあり
有難や皇神居ます本殿は森を背《そびら》に輝きて建つ
あのビルもこの家もまたかの店も瓦礫《がれき》と化して蹲《うづく》まりたる
地震《なゐ》の災みまかりし人六千四百余倒れし家屋十万戸あゝ
陸続と各地より来し救援隊貴重なる水有難き飯
義捐《ぎえん》の水押し載きて飲み干《ほ》しぬ余震の続く暗き厨《くりや》に

思えば六十五年前の六月五日、神戸大空襲で生田神社境内付近に焼夷弾六百発が投下され、石造大鳥居と大海神社を残してすべて灰燼に帰してしまいました。当時宮司であった私の父鋑次郎は焼失した生田神社再建に情熱を傾注し奔走しました。戦後間もない貧しい氏子に毎日毎日一軒一軒頭を下げ、社殿復興の募金に歩きました。その努力の甲斐あって、昭和三十四年、神社建築の権威角南隆氏の設計のもとに朱塗り木造の本殿・拝殿・翼廊が竣功しました。それから三十六年氏子崇敬者に仰がれ、愛され、親しまれた拝殿と翼廊が、無残にもこの大地震により倒壊してしまいました。

親子二代で生田神社を復興するのは宿命なのでしょうか。神様が仕事を与えて下さったのだ。そう思うと迷いは吹っ切れました。もう後《あと》へはひけません。前進あるのみです。くよくよする余裕などありません。生田神社はコミュニティーセンターとして神戸の街と共に栄えて来たのです。一日も早く復興させて神戸市民の希望の光となり、神戸のシンボルを復興させる事が私の使命であると決意しました。

かにかくに氏子や父の建てし宮復興に向け燃え立つ我は

まず生田神社正面に建っていた石造大鳥居の建設を如何にすべきか苦慮しておりました。その折りも折とて、伊勢神宮から暖い支援の手をさし延べて下さいました。即ち、伊勢神宮と当社との御神縁深き故をもって、昭和四年御遷宮の際、御正殿の棟持柱であり、次の御遷宮では宇治橋の鳥居となり、更に昭和四十八年第六十回式年遷宮を機に、三重県鈴鹿の関町の参宮街道の鳥居として御使用になり、この度の御遷宮に当り御用済みになった尾州檜の鳥居を当社に御下賜下さることに相成ったのであります。ただ六十有余年の風雨に晒されていて腐蝕した部分があったため、神戸のヨット制作会社の協力を得て木造帆船を造る技術を応用した樹脂加工により腐蝕部分を完全に補修して耐震性を強め、七月二十九日、身を清めた作業員二十名によって生田神社境内正面に組み立てられました。

そして八月三日、生田神社の末社大海神社夏祭りに併せて奉告祭が執り行われ、神職氏子崇敬者によって賑々しく通り初め式が行われました。

神風の伊勢の鈴鹿の大鳥居
いま目交《まなかひ》に甦《よみが》へり建つ

この伊勢の大鳥居の建立は、震災から立ち直る神戸復興のシンボルであり、その魁として神戸市民や氏子崇敬者から仰がれ讃えられて行くのをうれしく思っております。

生田神社では三月末日迄に傾いた朱鳥居の柱脚を鉄筋コンクリートで補強。これまた柱脚部分が破損した楼門十二本の柱も鋼管コンクリートで新しくして、その上に約八十トンの楼上部を結合補強を完了しました。四月からは倒壊した拝殿の解体、復旧作業を建築業者が工事を担当。伝統様式を守りながらも可能な限り強度の高い拝殿とするために耐震構造上、最先端の工法を採用し、地震によって柱脚部や柱と屋根の接合部に大きな損傷を受けて倒壊した事から、二十六本ある柱のすべてに「鋼管コンクリート柱」を採用し、鋼管には世界一高強度のコンクリートを充塡して高い構造耐力を持たせると共に、柱と屋根の接合部には鋼鉄の鋳物を使用して、現行法規の三倍の地震加速度、さらに上下動にも耐える「耐震神社」として甦《よみがえ》らせることにいたしました。

黒鉄《くろがね》の真鉄《まがね》の柱ならぶさま
　まさめに見つつ胸せまりくる

悪夢のような阪神淡路大震災によって倒壊した拝殿復興計画は、最先端の構造技術と伝統的工法を巧みに融合しようという試みで、社殿の伝統的構造物への新しい手法で復興して行ったのであります。

そして復興の歌が次々と浮んで来ました。

楽しみは地震の傷あとやはらぎてビルや住居の柱建つ時

桜咲く浄闇《じやうあん》のなか皇神《すめがみ》は仮社殿《かりみあらか》に御遷り給ふ

拝殿の紅梁《こうりやう》・垂木《たるき》・梁《はり》・長押《なげし》組立つるさまうれしとぞ見る

千歳棟万歳棟《せんざいとうまんざい》と声高に響く槌音生田の森に

朱に光る唐破風《からはふ》今ぞ聳え立ち羽を伸ばせし真鶴《まなづる》のごと

楽《がく》の音《ね》に警蹕《けいひつ》の声入り交《まじ》る浄闇《じようあん》の裡《うち》に神遷《うつ》ります

新宮《にひみや》に鎮り坐せし大前に大幣帛《おほみてぐら》を捧《ささ》げまつらむ

金色に光る御扉前にして萬歳楽《まんざいらく》の裾ひるがへる

新しき年を迎へる人達は希望を胸に開門を待つ

地震《なゐ》の災除夜《じよや》の太鼓が祓《はら》ひ遂《や》り復興の年清《すが》しく迎へむ

かくして目覚めた歌心はとどまるところを知らず、今度は海外旅行を経めぐった時、印象に残った事象をメモがわりにノートに記したものが三十一文字の短歌になっていました。

爾来、震災復興の成りつゝあった平成八年から、本年に至るまで海外の旅紀行の短歌が千五百首近くにもなりました。しかし、これはあくまでも旅の途次、自分の脳裡に浮んだメモを三十一文字にしたもので、歌人の詠む短歌とは稍か異なったものであります。

海外旅行も昭和四十年に四十日間世界一周を神道人の二十二名と最初の旅をしたのが皮切りで、私の「とつくにの旅」も四十ケ国に及びました。

本年三月キリスト教・イスラム教・ユダヤ教の聖地エルサレム、ヴェツレヘム等のイスラエル旅行で、私の「とつくにの旅」も打留《うちど》めにしたいと思い、ここに震災後突如起った歌心を端に海外の旅日記として詠んだ短歌「とつくにの旅」を喜寿の内祝いとして刊行する事にしました。

我国で生まれた「和歌」を外国語を交えて詠むなどとは「以っての外」とお叱りを受けるかも知れませんが、国際交流の時代の所産として御笑覧戴きますならば幸甚であります。

本歌集と同時に出版した「生田の森―神と人との出会い―」について、短時間の間に企画、編集、校正等一方ならぬ御尽力を下さった国書刊行会の奥山芳広氏に厚く御礼申し上げます。また、すばらしい絵を提供して下さった故菖蒲大悦、故川西英両画伯、写真家の杉尾友士郎氏、木村次郎吉氏、読売新聞写真部の各位に対し深甚なる謝意を申し上げる次第であります。

平成二十二年五月三日　生田の池の辺に牡丹咲く頃

加藤隆久（号白鳳）

# 歌集　とつくにの旅　目　次

# 短歌　イタリア紀行

# 神道海外交流・イタリア宗教事情視察

平成八年（一九九六）三月二日〜十三日

## ミラノ

夕映えに赤く染まりしアルプスを遠く望みて
ミラノに着きぬ

昨日見し神戸の月を今宵またミラノの空に寒
く仰ぎぬ

ダビンチが描きし「最後の晩餐」は遠近法と
テンペラの壁

朦朧と画かれし聖者に背きたるユダの表情きはたちてをり

## ベニス

サンマルコ広場の人と鳩の群夕映えに長く影を落せり

細き水路往き交ふゴンドラの中にしてカンツォーネの声水面《みなも》に響く

日本語を巧みにつかひ客寄せるベネチアガラスの店の男は

異郷にて迎へし誕生祝ふ声華やぎにけりベニスの夜は

団長の誕生祝は赤飯とシャンペン・ケーキにイタリアタバコ

## バチカン

## とつくにの旅

三度来しサンピエトロに春の日の光りて白し
聖者の塔は

五年かけ描き直しし礼拝堂ミケランジェロの
型のままにに

復活の像立つ前に法服をまとひし教皇手を翳
し座す

二十五の国語話すてふ法王は異《とつ》国《くに》人《びと》に母を語
りぬ

くさぐさの国より来りし信者達歌唄ふあり手を叩くあり

大宮司と法王互ひに見つめ会ひ平和の握手固くゆかしく

わが前に進み法王手をのべて握手をせしにわれは従ふ

法王の御手は分厚く逞しく忘れ難きは眼の優しさよ

## （ローマ）トレビの泉

大理石の海神に湧く噴水は紺碧にしてしぶき
をあげる

うしろ向き二つの硬貨投げる人皆ほほ笑みて
カメラにいりぬ

## スペイン広場

赤き壁二つの塔に大時計スペイン広場は人波の渦

ヘップバーンの映画の場面さながらにクリーム食べつつ集ふ若者

## 真実の口

入口に列なすところ真実の口てふ伝説の石の彫刻

人面の口に手を入れ大声でおどけて見せる老
も若きも

## コロッセオ

その昔《かみ》は栄華きはめしコロッセオいま野良猫
の棲家となりぬ

ルネッサンス美術を専攻せしといふ竹内女史
は博学なりき

オオソレミオ・サンタルチヤと民謡を歌ふ男
の声のよろしき

得意気にギターにあはせカンツォーネ唄ふ男
とタンバリンの女《ひと》

イタリアの夕餉は海鮮料理なりエビにアサリ
にムール貝よし

## シチリア島・パレルモ

## とつくにの旅

黄金の盆地といひしパレルモは岩とミモザと
オレンジの街

ビザンチン・アラブ・ラテンとさまざまな文
化集ひし島ぞシチリア

ミモザの花黄色く咲きて暖かきパレルモの町
に春は来にけり

乙女子はみなミモザの花を手に持ちてパレル
モの町は賑はひにけり

ビザンチン黄金モザイク輝きて教会の中に異彩を放つ

半身の大きキリスト　ビザンチンのモザイク絵画天井にあり

廻廊の柱に彫られしモザイクは幾《いく》千《ち》年《とせ》経てなほ光りをり

黄金のモザイク柱立ち並ぶ廻廊の庭に春風の吹く

## とつくにの旅

街角にミモザ花売る男たちいづれの面《つら》もシチリアの顔

春来ると黄色きミモザ束にして屋台の屋根に吊されてあり

春やさい春のくだもの満載し売声高く客に呼びかく

女子《をみなご》がミモザを着けて祝ふ日は売り子となりし男僕《をのこしもべ》ぞ

皿の上にミモザを置きてピザ食べるシチリア
娘は姦しくして

## アグリジェント

茶褐色の凝灰石をむき出しに廃墟となりしコ
ンコルディア神殿

生贄を捧げし神のまつりごとありありと語る
髯のガイドは

道端に赤き花つけささやかな葵《あふひ》見つけし時の
うれしさ

道端に洗濯をするジプシー女時折見せるする
どき目つき

シチリアのマフィアの歴史冷静に語ってくれ
しバスのガイドは

石切場に住みつきしマフィアの祖先《おや》達のその
成れの果てゴッドファーザー

なだらかな山城のつづく草原に羊の群は草をはみをり

緑なす平原につづく山裾の家並の中に教会の建つ

## シラクーサ

劇の前に成功祈りし祭壇は洞穴の中に苔むしてあり

ギリシャ劇の効果出さんと壺埋めし昔の人の
秀れたる知恵

縦長の大き亀裂の洞穴は悪口を聞くディオニ
ソスの耳

## シチリア島の食事

蛸《たこ》に烏賊《いか》・海老《えび》に旗魚《かじき》に牡蠣《かき》・栄螺《さざえ》・海鮮う
ましイタリア料理

烏賊墨のパスタを食べし団員の口の囲りは黒ずみてをり

満腹のあとに出で来しオマール海老見るだけにして食べる者なし

はみ出せし大きなピザにタバスコを振りかけて食ふ昼のシチリア

## ナポリ

朝まだきポンポン蒸気の音たてて船の出入り
を聞くはナポリよ

朝まだきポンポン蒸気音たててサンタルチア
の港を出でぬ

ヴェスヴィオの火山霞みて雨の中際立つもの
はイタリア旗のみ

サンタルチア港の波は静かにて黒き影なすヴ
ェスヴィオの山

卵城の岬に立ちしイタリヤ旗色鮮やかに翻《ひるが》へりをり

サンタルチア港に船は碇泊しヴェスヴィオ火山は春雨の中

静かなるサンタルチアの港辺の船はことごと繋がれてをり

## ポンペイ

ポンペイの遺跡の背後に聳え立つヴェスヴィオ山は魔の山なりき

いにしへの町呑み込みし灰の山いまは静かに霞の中に

二千年前に起りし大爆発遺跡に残る悲しき逸話

目と口を押へしままの姿にて固められたる悲しきミイラ

震災に見舞はれし日の事共を思ひ出させるポンペイ遺跡

## ローマ・チボリ

アッピアの街道沿ひに植ゑられし松の並木はローマへ続く

ローマより遠く離れしチボリの町教会の中はひつそりとして

ほの暗き教会の中にモザイクは黄金の光異様
に放つ

## 旅を終へて

石と木の文化の違ひ思ふ時有難きかな鎮守の
森は

# 短歌　カナダ紀行

# 神道政治連盟海外研修・カナダ・バフィン島

平成十一年七月四日〜七月十五日

## トロント

爽やかな涼しき気候と思ひしに汗したたりぬ
トロントの街

## ケベック

英仏の戦《いくさ》のありし公園はおいらん草と秋桜《コスモス》の
なか

英仏の戦の名残とどめたる城壁今や観光の街

朝まだき雷鳴轟き稲妻の光を浴びて驚き目覚む

## オタワ

延々と続く運河の中にして時折群れて鴨遊び見ゆ

短歌　カナダ紀行

カナダ杉檜唐松鬱そうと大使の館はゆつたりとして

木造の程よき門に金色に輝く菊の貴《たか》き紋章

すめらみこときさいのみやの御写真の飾れる部屋に大使と出会ひぬ

大使の間《ま》南風・杉雨・弦一郎名高き書画が光を放つ

くさぐさの日本料理を持成《もてな》せる大使夫人の巧みな座持ち

オタワなる主都の政府に働けるヒューバー女史は健やかにして

上院の屋上なりし教会は無名戦士と英霊の廟

上院の屋上なりし教会は英霊まつる御霊舎《みたまや》なりき

短歌　カナダ紀行

上院の中に鎮まる教会の壁に彫られしあまたの英霊《みたま》

鐘鳴りて慰霊の式は始まりぬ襟を正して我等起立す

肉《しし》太《ぶと》の衛士は歩調を整へて霊璽簿に向ひ敬礼をせり

霊璽簿の頁をめくる肉太の衛士の嵌《は》め居る白き手袋

霊璽簿の上に置かれし十字架をとりて日《にち》々《にち》英
霊讃ふ

戦《たたかひ》に斃《たほ》れし御《み》魂《たま》慰むる花輪捧ぐるわれら団長

靖国の英霊国が祀るべしカナダの儀《の》式《り》に思ひ
は募る

議事堂の尖頭高くはためけるカナダ国旗の誇
らしげなり

議事堂もホテルも街の商店もカナダ国旗の鮮やかにして

議事堂も劇場、ホテル、商店の屋根にひらめくカナダ国旗は

ムール貝オマール海老《えび》の食卓に歓声上り宴《うたげ》華やぐ

## バフィン島・イカルイット

## とつくにの旅

プロペラ機轟音の下に極北の島は冷たく海に浮べり

黒き土白き氷が彩《あや》をなす北極圏は縞馬のごと

摂氏八度南東の風吹きてをりバフィンといふ名の草木なき島

赤茶けた土に真白き雪の縞湾のはづれにイカルイットの街

短歌　カナダ紀行

丘の上にイヌシュク五つ並びたり迷ひし人や
狩人のため

イヌイットと日本人の顔形あまりに似たり我
は驚く

長老が集ひて式を見守りぬ調印の日の静けき
真昼

ヌナブット首相長老相寄りてかはす調印おご
そかにして

## とつくにの旅

火を灯し祈る朴氏のバイブルの言葉はすべて
イヌイット語なり

半月《はんげつ》の黒き聖なるクイルクに木綿《もめん》の芯に火を
灯しけり

あざらしのチョッキを着けし州知事は鬚たく
はへし若者なりき

イヌイット長老達はひたすらに耳傾けて演説
を聞く

調印の式に集ひしイヌイット長老の服に花模様あり

幾世相凍土の中に暮しける長老のしわ手の甲のしみ

祖先・人・自然と共に生きて来し極北の人は静謐なりき

祖先・人・自然と共に生きて来し先住民の太き手の甲

## ペンガートン

真夜中にカーテン開けれど真昼なりペンガートンの白夜のロッジ

氷河望む朝のロッジの食卓に萩の茶碗の茶の香漂ふ

極北の海に出でゆくモーター船波音高く風寒くして

短歌　カナダ紀行

氷塊に洗はれし岩円くして岬となりし島に降り立つ

日本語とイヌイット語の比較をば楽しく語る若き船人

両国語つながりありき摩訶不思議姉妹《きやうだい》をアネ乾《ほし》肉《にく》はニク

昼食はイヌイット作るカリブーの肉と野菜のシチューとパンと

とつくにの旅

カリブーの生肉《なまにく》食へと勧《すす》められ怖《こ》は怖《ご》は口に入れて噛みしむ

カリブーの生肉の味淡泊なマグロに似たる油気のなき

カリブーの生肉の味あつさりと油気のなきマグロに似たり

カリブーのシチューの汁がとび散りてわが中指を大やけどせり

## 短歌　カナダ紀行

紙コップに入れしシチューが溢れ出てわが中指に火傷《やけど》を負ひぬ

岬にははや草萌え出でてよく見れば黒き小粒のブラックベリーぞ

広々と紺碧なせる海面に時々浮かぶアザラシの首

エンジン止めて獲物の在りかをば探《さぐ》る猟師のするどき目つき

船べりに小さきあざらし打ち吊られ水面《みなも》にうつる姿悲しき

入れ墨を入れし男が刻みたるカリブーの骨の彫刻求む

祖先・人・自然と共に生きて来しイヌイット族のたくましきかな

## カナディアンロッキー

## 短歌　カナダ紀行

何億年積もり積もりし氷河より流れて落つる
アサバスカの水

ロッキーの氷河削れる谷底は森林限界二千メ
ートル

一万年前に終りし氷河期に先住民はこの地に
到りぬ

みぎりにはランドル左にカスケードバンフの
山は厳《いか》しく聳ゆ

とつくにの旅

ロッキーの山の地質の成り立ちを詳しく語る
志村ガイドは

マクドナルト氷河凍りて青白く雲間より入る
ひかりに映えて

ヨーホーとキッキン川の入り交る白と青とが
綾なす冷水

モミツガにたうひ米《べい》松《まつ》さまざまにポールパイ
ンのいはれの不思議

短歌　カナダ紀行

白頭鷲バスの窓より飛べる見ゆカナダに残る
自然の空に

山火事の跡生《なま》々《なま》しく枯木立ちされど根元に青
き草萌ゆ

エメラルドはた乳白に緑にも変りてうつるモ
ーレインの湖《うみ》

延々と続く車輪を引き摺りて墜道に入りまた
出づる汽車

百二十五の貨車つなぎて山すそを小麦を積める汽車のろり行く

しぶき浴び真直に落つる太き水タカカウ滝の白き迫力

陽に白く光りて落つるタカカウの滝の飛沫《しぶき》を冷たく浴びぬ

タカカウの滝より望むキャスル山日に輝けばまこと山城

## 短歌　カナダ紀行

氷河に耐え黄色き花をつけゐたるタカカウ滝のほとりの百合《ゆり》は

つくしの群見つけて叫び友呼ぶは日本から来し茶髪の乙女

今日も亦熊見つけたりタンポポを無心に食《は》める小さき黒熊

森の中素早く走る尾白鹿二頭つがひて隠れ去りぬる

五匹目の熊と出会ひぬ車とめタンポポ咲ける
道のほとりに

タンポポをしきりに食ひし黒熊は人の気配も
忘れがちなり

旧道を走る真昼の草原にコヨーテ見付けしば
し見守る

夜行性と思ひし白きコヨーテが昼間現はる草
原の中

# 短歌　カナダ紀行

車中より怖《こ》は怖《ご》は挑むコヨーテは尻尾の太き
愛らしき奴

勇敢な女性の敏《さと》きカメラマンコヨーテ見つけ
近くに迫りぬ

山羊《やまひつじ》子供を連れし七匹は息はづませるハイウ
ェイの上

ビーバーの巣を見つけたり川中に枯木集めて
小山盛りあぐ

巨大なる牡のエルクが坐してをりゆつたりとして草食《は》める見ゆ

広き角《つの》おもたきほどの角《つの》生やし坐して食《は》みをるエルクの牡は

ベルベットを覆ひし如き角もちてエルクの牡は坐して草食む

白樺の根元黒《くろ》々《ぐろ》削れをりエルクの咬める歯形の跡か

## レイクルイーズ・バンフ

ルイーズ湖見とれし折に小さき蜂止りて刺し
ぬわがえり首を

日本人多く旅して往きかへば足踏まれけり泣
き面に蜂

オーロラを見たりし時の有り様をありありと
語る志村ガイドは

## とつくにの旅

オーロラは今夜出るかも知れぬよと志村ガイドの言葉を信ず

夜半起きて窓明け見れどオーロラは何処とも見えずかくて夜が明く

太陽の黒点のこと調査して再び訪《と》はめバンフの町を

大宮司の心こもりし招宴はスキ焼天ぷら日本の味

ロッキーの山の果てなるヤムナスカ終れば
つゞく平原の道

**イエローナイフ**

オーロラで名高き都市も湖《みづうみ》と森に囲まれたゞ
雨の中

**バンクーバー・リッチモンド**

短歌　カナダ紀行

リッチモンドインターナショナルカレッジは
堅実にして雄々しく建てり

学長は凜凜しく事務長事務員もにこやかにし
て学舎賑はふ

学生は今休みなりキャンパスは緑したたりひ
つそりとして

教室はコンピューターが並びをり時折壁に日
本語の文字

門前は牧場なりき二つ三つ黒き乳牛草食みてをり

有難き表彰額を拝受せり添へられたるは記念の硬貨

## 述懐

日本の二十七倍あるといふ大きカナダの自然の驚異

とつくにの旅

先住民達の文化を思ふなり自然の驚異と畏敬の念を
石と氷バフィンの島と木と水のアルバータに見る広き天然
イヌイット・インディアンとを比較せる文化の違ひ見る面白さ
試行錯誤しながら食ひし先住民美味なるものが食物となる

よき友と共に旅せし極北のバフィンの島は遠
くなりたる

ペンガートン凍土の中に精霊と出会ふ夢見る
帰国の夜は

イカルイット・ペンガートンの島々の凍土さ
まよふ夢みては醒む

# 短歌　ギリシア紀行

# 神道海外交流・ギリシア・イタリア宗教事情視察

平成十三年（二〇〇一）三月二日～十三日

## アテネ

街中の高台に建つ神殿は三十年前に訪ねし聖地

近代《あらたよ》の五輪大会《オリンピック》の客席の大理石下に咲ける蒲公英《たんぽぽ》

リカビトース丘に建ちたる教会のなかはイコンに囲まれてをり

バルテノン神殿の上に翻るギリシア国旗の誇らしげなり

神殿に国旗掲ぐる衛兵の色あざやかな民族衣装

神殿の柱の上に飾られしアーカンサスは野あざみの葉よ

街路樹に植ゑをかれたる桑の葉は排気ガス受け淋しげに立つ

アテネの街日曜の日はひつそりと店閉められてバス続くのみ

国教と云はれるギリシア正教の象徴《しるし》は旗のなかの十字架

色づきし柚《ゆ》子《ず》の実稔る街路樹の続く道越えエレフシナに向ふ

ペルシアとの戦ひありしサラミスの海は静かに輝きてをり

とつくにの旅

オリーブの薄緑なる樹の林過ぎれば黄なる菜
　の花畑
エーゲ海に沿ひて走れるバス道に一際《ひときは》高し糸
杉の群れ
緑色透明《エメラルド》のエーゲ海とぞ思ひしに鉛色せる不
気味なる海
人間は豊かになると戦ひの起ると云ひしガイ
ドの言葉

ギリシア神話滔《たう》々《たう》として淀みなく話す国武女
史は秀れしガイド

日の照りて青き色なすコリントの湖《うみ》の畔《ほとり》で昼
飯を食ふ

ネロ帝が六千人の奴隷をば使ひしと云ふコリ
ント運河

桃色の花びらつけし巴旦杏《アーモンド》の樹々に混りしオ
リーブそよぐ

細長く空に伸びゆく糸杉の木の間より見ゆ
巴旦杏《オリーブ》の花

赤き屋根白壁家の彼方には深き緑のエーゲ海
見ゆ

緑色透明《エメラルド》・群青色《コバルトブルー》のエーゲ海菜の花畑に突如現
はる

眠りより目覚めしさきはイオニアの海に広が
る松林なり

イオニアの海に揺蕩《たゆた》ふ貨物船何処へ行くのか春の海路を

レパントの激しき戦ひありしてふ海は静かに波たたへをり

キリスト教とイスラム教の争ひとなりしはパトラの海の戦ひ

パトラ湾にイタリア行きの定期船大き巨体を横たへてあり

パトラなる聖地土俗を守る神アンドレアスの
教会が建つ

聖体に口づけをする人つづく教会内の磔《はりつけ》の像

ギリシアにも少子化現象ありといふいづこも
同じ悩める風潮

カリメーラ・エフカリストと挨拶の会話を学
ぶバスの教室

街路樹に植ゑつけられし柚子《ゆず》の実は苦《にが》くてまづくて食べるに難し

ペロポネソス半島走り走り来て日暮れに着きぬオリンピアの街

## オリンピア

パパルーナー赤き花つけ咲き誇るオリンピアの街に春は来にけり

## とつくにの旅

やはらかき光に満ちてオリンピアの町に漂ふ
春のよろこび

ゼウス・エラ・アポロンなどの神達の居並ぶ
石の像見て廻る

首や手の欠けし石造なかにしてひとときは美《うま》し
エルメスの像

クラディオス川を渡りて園内に入ればそこは
オリンピア遺跡

地震《なゐ》により倒れしままの大きなる石の柱は崩《く》え置かれたり

列柱の体育場《ギムナシオン》に赤白と春の花咲くのどかな遺蹟

地震受けし石造建築いまはただ廃墟となりぬ哀れなるかな

月桂樹冠《かぶ》せられたるわが友ははにかみにつつヴイサインする

とつくにの旅

一面に白く小さき花咲きて影をおとせる列柱
のなか

礫岩《れきがん》のドーリス式の三本の柱は名高きヘラの
神殿

みぎりには白蓮華草ひだりには赤パパルーナ
競技場《にはは》に咲く花

オレンジのたわわに実る屋敷内に七面鳥がの
どかに遊ぶ

毎日の食卓にのるギリシア料理味の良し悪し
云ふが楽しさ

静寂の道の奥なる白き碑にクーベルタンは眠
り給ひぬ

## スパルタ

赤き屋根丸き型の教会はビザンチンてふギリ
シア正教

村中に必ず一つ建ちてをり赤き屋根せしギリシア教会

国教といはれしギリシア正教はキリスト・マリヤ・精霊の教へ

道端に十字架立てる祠あり交通事故を守る神とか

トヨタ・ホンダ・マツダ・ミツビシ・ニッサンとスパルタの道を走る日本車

農業国観光立国ギリシアには肥沃な土地と遺蹟の恵み

スパルタの野山はまさに春来りアーモンドの花と萌えいづる草

海洋の民といはれしギリシアなり海の戦《いくさ》の名高き国なり

三年後に開かれんとする五輪大会《オリンピック》道路整備はいま盛りなり

## とつくにの旅

メガロポリス盆地の町は霧かかり眠れるごとく静かなりけり

交通事故多き国とかガイド云ふ道祖神《イコノスターシ》の目に立つ道は

道祖神イコノスターシは十字なる祠《ほこら》の中に祀れるマリヤ

かの山に登りし人は死すといふタイゲストスは恐ろしき山

狼のミルクと呼びし黄の花は六千ありてふ野生のひとつ

タイゲストス山脈《やまなみ》つづく春山路峠を越えてミケーネに向ふ

みかん畠オリーブ畑のつづく道ギリシア神話を聞きつつ旅行く

## ミケーネ

## とつくにの旅

ミケーネの遺蹟にいまぞ降りたちぬアガメムノンの昔を偲ぶ

マグサ石積み重ねたる墳墓のなかひんやりとして霊気漂ふ
（アトレウスの宝庫）

ザラ山の麓にありしミケーネの遺蹟を訪ね石段昇る

獅子門をくぐれば石の城壁につづく石道に靴跡残れり

シュリーマンが発掘したる墳墓あと菜の花咲きて黒ずみてあり

アガメムノン殺《あや》められたる浴場の石垣の中を春風が吹く

いにしへのギリシアの神のまつりごと生活《いたづき》を知るミケーネ遺蹟

タバコ畑ぶだう畠とつづきたるコリントス村は肥沃なる土地

エーゲ海イオニア海にはさまれしコリントス
運河細長くして

## デルフィー

デルフィーの石の柱に鳶止まりさながらいに
しへ偲ばせるかな

六本の大き石柱隅に建ち山より冷たき風吹き
おろす

巫女の声聞きし地下牢雑草が石の間《あひ》より芽吹いてありき

いにしへは奇数が聖なる番号とギリシアに伝はる数の不可思議

風強き断崖の町アラツホバまたたくうちに霧に隠れぬ

## 無名戦士の墓

衛兵の交替時なり衣裳つけ剣捧げ持ち靴音高く

風寒き議事堂前の慰霊碑に黙禱捧ぐ兵士のために

楽隊や軍隊すでに並びをりアルバニアからの要人を待つ

## 日本大使公邸

燦然と輝く菊の御紋章公邸の中はつつましくして

天皇《すめらみこと》　皇后陛下《きさいのみや》の御写真の飾られてゐし公邸の棚

大観・土牛・郁夫の書画の懸りたる公邸のなかの明るき日差し

## ギリシア正教ミトロポリオス教会

地震《なゐ》の災崩れし屋根を繕《つくろ》はむと足場かかれるギリシア教会

髭面の陽気な司教熱弁をふるふイコンの教会の内

## ギリシア偶詠

古代文字を現代にまで使ひたるギリシアの人の一途なる性《さが》

わが国もかくありたしと思ふかな日毎《ごと》朝毎《ごと》国旗の掲揚

日の本の象徴たりし日章旗もつと掲げよ国の隅ずみ

木と石の文化の違ひ思ふとき有難きかな鎮守の杜は

木と石の宗教理念思ふとき惟神の道は尊《たふ》とかりける

ディオニソス　アポロ的てふ言の葉を実感として神殿に立つ

日の本とギリシアの国の神話とを比較してみることの楽しさ

## ギリシア正教の絵馬

アルミ箔打ち起したる祈願札月桂樹添へ吊されてあり

日の本のやしろの絵馬と似たるかな木とアルミ箔の違ひはあれど

キリストの教へといへど正教は土俗の願ひ込められてゐし

## 補遺

をちこちに石造物が野ざらしに昔の栄華残し置かれり

オリンポスゼウス神殿の只中にオリーブの木
が白く輝く

松脂《まつやに》の香りただよふレチーナはギリシアの人
の好めるワイン

辛口の文明批評する人は東郷神社の松橋宮司

# 短歌　ケルト紀行

# 神道海外交流・アイルランド・イギリス・フランス宗教事情視察

平成十四年（二〇〇二）三月二日～十三日

## アイルランド・ニューグレンジ古墳（ドロエダ）

不思議やな西日刺し入る墓穴の左《ひだ》りに尊き人の渦あり

太陽の衰へる冬至に指す光墓穴に入りて甦るてふ

ボイン川渦巻く水の模様かやニューグレンジの古墳の石は

渦巻きて流れる水のボイン川ケルト模様のみなもとなるか

## タラの丘（ドロエダ）

緑なす草原の上にタラの丘石一つ立ちて寒き風吹く

キリストとケルトの教へ結びたる聖パトリック像はシャムロック持つ

## ケルズの書（トリニターカレッジ）

二十万冊もあるてふ厚き本ドームの中の図書館暗し

紐十字渦巻もあり妖精をり奇妙奇天烈ケルズの書《ふみ》は

## パトリック大聖堂（ダブリン）

くりの実をつけたるかしの葉の中に合掌したる葉守の神在す

説教台の台座の中にケルトなる男女の像の彫《ゑ》り刻まるる

幼き日ガリバー旅行面白く聞きし作家の像ここにあり

## ドルイド教（アイルランド）

ドルイドと呼ばれしケルトの神司《かむづかさ》宿生木《やどりぎ》を受くてふ白き衣《きぬ》にて

くりの実は聖なる木とすケルト人かしはの葉こそ尊かりける

延々と続く一筋道脇に寄生木《やどりぎ》着けるオークの木あり

野あざみはギリシアのしるしかしの木はアイルランドの聖なる木の葉

いまし思ふ惟神の道の書《ふみ》にある葉守の神はか
しの葉の神

## グレンダーロッホ

山中の静かな川のほとりにはケルト十字の墓
多《さは》に立つ

円塔に隠れしといふケルト人バイキングの猛《も》
者《さ》探すに難く

## カンタベリー大聖堂（イギリス・カンタベリー）

巡礼の人の集へるカンタベリー金刀比羅の町
思はせるかな

キリストの教へ弘める司祭らの後継不足嘆く
主教は

## ストーンヘンジ（イギリス・ソールズベリー）

草原に巨大なる石屹立しいまも崩れぬ不可思
議な技

五十トンもあるてふ巨大な石柱いにしへの人
の恐るべき力《りき》

日の本の鳥居に似たる石もあり立ち並び居る
ストーンヘンジは

## フランス・ケルナック

長き石幾百となく列をなしただひたすらに草
原に立つ

大いなる石の根方に針のある黄なる金雀枝《えにしだ》淋
しげに咲く

## ヴァンヌの朝（フランス・ヴァンヌ）

あか葵《あふひ》黄なるミモザと花々がひさがれてあり
朝市の店

古着あり菓子あり肉あり野菜あり人の混み合ふ町の広場は

## モンサンミッシェル

細き道曲がりくねりし道のあり喘ぎつつのぼるミカエルの堂

ゴシックとロマネスクてふ建物の取り合はせの妙モンサンミッシェル

海中に城のごとくに一つ建つ異様な型もつ聖堂ぞこれ

灰色の聖堂の上の尖頭に黄金輝くミカエルの像

三つ星の小さきホテルの部屋壁にニクソン・チャキリス・ビュッフェの写真あり

## ランス

石造の小さきランスの教会に藤田嗣治は眠り
たまへる

男らが足場を組みて修理せるフジタの壁画は
閉ざされて居り

桃色の木蓮の花咲き誇る家の隣はフジタ聖堂

シャガールの描ける怪しきステンドグラス青
一色の光を放つ
（ランス・ノートルダム寺院）

## 帰国偶詠

四海波打寄せ四季の五穀成る天皇《すめらぎ》の国は有難きかな

森深くたたずむ杜に帰り来て悲しきケルトの文化を想ふ

日の本の神《かむ》司《づかさ》たる我と彼較べて想ふドルイドの末

# 短歌　アンコール・サイゴン紀行

# 神道海外交流・カンボジア・ベトナム宗教事情視察

平成十五年(二〇〇三)三月二日～九日

## アンコール・トム

ほとばしる汗をふきつつ砂岩てふ石のきざは
しあへぎつつ登る

黄の幡《はた》のひるがへる御寺《みてら》の中にして黒き仏陀《ほとけ》
が静に坐しをり

ヒンドゥーと仏教《ほとけ》の教へ入り交る真臘《カンボジア》の壁に
彫《ほ》られし説話

王朝の変はれるごとに石像は壊され造り又崩
されたり

象のテラス延々と並ぶ紅土《ラテライト》に暑き日差しが容
赦なく照る

ライ王の体に着ける黄なる衣《きぬ》折れたる指のい
たましきかな

青き汁したたるごとくライ王の顔にかかりて
坐せる像なり

目に入る汗堪《こら》へつつ案内の男の言葉じつと聞きをり

人力車モーターバイク自転車と砂《すな》煙《けむり》立て往き交ふ道々

七人も連なり乗れるバイクなり免許もなくて乗れる国てふ

テント張り色づけし石油販《ひさ》ぐ店埃《ほこり》まみれの道の両脇

## とつくにの旅

人力車に乗れる外人涼し気にでこぼこ道を振り返り往く

いにしへゆ激しき戦ひ耐へぬきてカンボジアの人逞しく生く

シアヌーク殿下の別荘てふ館《やかた》シェムリアップ川に沿ひて建ち居り

のどかなる田の両側を見つつ行けば泥棒よけのサボテン塀あり

## カンボジア国家事情の研修

仏教は国教なりといふ議員指なく戦士を物語りをり

ポルポトと戦ひし人語るのは国の行《ゆく》末《すゑ》熱き思ひを

センと呼ぶ明るく振舞ふガイドあり日本語学び生き生きとして

マイク握りアンコールワットは自国のものと
力を込めて語るガイドは

アンコールの土地を愛する青年ガイド熱く語
りぬ国の誇りを

シェムリアップはタイを倒した意味なりと国
を愛するガイドは語る

# アンコール・ワット

蛇神《ナーガ》のカミ阿修羅綱引くレリーフは橋欄干に
ながながつづく

幾十万の人が砂岩をこの山に運びし古代の力《りき》
のすごさは

菩提樹の大木《おほき》の下《もと》に集まりて日光《ひかり》避けつつ説
明を聞く

母思ひ十字回廊の石柱に残せし日本の商人《あきんど》の
墨書《ふみ》

とつくにの旅

かすかにも日本《にっぽん》の字を見つけたり十字回廊の
石の柱に

ラーマヤナ神話の絵解き面白く説き聞かせる
は若きガイドよ

アンコールトムとワットを汗ふきて石のきざ
はし登るは辛らし

脱水の状《さま》なるをおそれポットの水飲みつつの
ぼるアンコールの道

諸册の二神国生み神話とを較べつつ見る乳海攪拌

とぶがごと石段降りる地元の子眺めつつ思ふわれ老《おい》ゆくを

南大門左に夕日みぎりには白きバルーンのあがる夕暮れ

## カンボジアの民族舞踊

## とつくにの旅

オリオンの輝く暑き夕べなり土俗の踊り蚊を
追ひて観る

ガムランの妙なる調《しら》べ流れ来て土俗の子等が
足早に踊る

ガムランの調べにのりて児《こ》等《ら》たちは跳びはね
踊る猿の面つけ

乙女子が金の王冠足輪つけ指反《そ》り立ててゆか
しく踊る

踊り子と舞台の上に並び立ち照れつつも記念
写真におさまれり

屋台にはカンボジア野菜さかな肉手早く執り
て料理する人

## ワット・ダムナック仏教寺院

住職とその弟子二人経を読みわれら迎へり心
伝はる

この寺の成り立ちいまの有様を弱気に語る老《おい》の僧侶は

黄なる衣《きぬ》着けたる若き僧の声溌剌として判る言《こと》の葉《は》

老僧が声しぼりつつ訴ふる修復したき寺の財源

老僧が声をしぼりて訴ふる寺再建の寄付を求むる

老僧の願ひを思ひ浄財《かね》集め鉄鉢に入れる団員われら

## 上智大学遺跡保存センター

思はざる場所より発掘されし仏像《ざう》部屋の各所に並べられをり

笑ふ像首なき像や蛇の座に乗れる石像床に並べり

派手なシャツ着て身ぶりもて語るなり若き教
師の発掘のさま

アンコール遺跡の調査進むなか仏像見つけし
喜び語る

遷宮は世界に冠たる最良の保存法とぞ語る教
授は

発掘し調査修復進むうち遷宮の意義思ひ知る
てふ

松陰の社《やしろ》の宮司叔父にもつ教授の言葉諾《うべ》ひて
聞く

この教授神道の意義大切に世界宗教の誇りも
ててふ

## ポルポト虐殺慰霊塔

なまなましき遺骨納まる慰霊碑に花を捧げて
鎮魂を禱《の》る

## とつくにの旅

ガラス越しに遺骨の見ゆる慰霊塔激しき戦《いくさ》偲ばるるかな

数百の戦死者まつる慰霊塔なまなましくも遺骨の見ゆる

日本《ひのもと》と真臘国《カンボジア》とを較ぶれば遺骨をまつる風習《ならはし》の違ひ

学校と寺院かさなる堂内は椅子一つありひつそりとして

学校の教師出て来て訴ふるは子供を育つる資
金求むること

献金を申し出づればつぎつぎと教師出て来て
手を合せたり

## カンボジアの田舎道

高床の粗末な家の木に吊すハンモックに寝る
田舎の子供

牛も豚も高床式の家の前ゆるりと歩く人なき庭を

子供らは屈託もなく濠《ほり》に入り水浴びをする元気な姿

高床の藁屋根の家ほの暗く百年《ももとせ》前にもどりたるごと

牛にはとり藁ぶき屋根に高床の家の子供は裸で遊ぶ

でこぼこの道にゆられてバスは往く遺跡へ向ふ砂埃《すなぼこり》かな

物売りの児ら姦《かし》ましくまとひつく遺跡の外の広場の前は

## バンテアィ・スレイ寺院

シバ神を中心にしてほり深くきざまれし像はヒンドゥの主《ぬし》

水の神ナーガは橋に連なりて融通無碍のインドの神話

胸乳出し臍もあらはな女神たち腰くねらせるヒンドゥーの神

バンテアィ・スレイ寺院は女の砦てふ紅き色せしやさしきみ寺

東洋のモナリザといふ彫刻は死角にありて見る事を得ず

マルローが持ち去りしてふ彫像は祠堂の陰に
ありて見えざる

## タ・プローム境内の樹木

年経りし白き樹肌の大木が石を貫き堂上に起《た》
つ

荒れ果てし遺跡に生ふる密林の樹木が寺を壊
し崩しぬ

密林の樹《き》が石の寺襲ひ来て崩《く》えゆくさまを見るぞ悲しき

ガジュマルの太き根つこが石の塀にかぶさるごとく取り込みてをり

荒れ果てて放置され来しヒンドゥーの寺の栄華の無情なるかな

ガジュマルの白き大樹が石の寺を貫き空に聳えてゐたり

王替り戦乱を経し廃寺には恐ろしき樹が石像奪ふ

遷宮の意義を此の地へ来て思ふ惟神の道は尊かりける

## ベトナム・サイゴンの街

ドイモイの経済政策功成りて活気溢るるホーチミン市は

越南《ベトナム》の日本領事の講話あり宗教事情を注意して聞く

越南《ベトナム》の国の宗教事情をばメモとりて聞く汗をふきつつ

総領事の話す言の葉日本《ひのもと》と越南《ベトナム》の国の行末の事

わが宮の神職《かむつかさ》らが修祓《はらひ》せし奇しき縁《ゆかり》の宿《ホテル》に集ひぬ

朝夕の道てふ道は無表情なをのこをみなのバイクが走る

数百のバイクすれあふさまにして騒音まきて走り往くなり

街中のラッシュアワーの交差点モーターバイクの渦巻きおこる

金欄に飾りて走る霊柩車騒音のなか陽気に走る

赤と金のはでな飾りの霊柩車黄なる紙撒き走りゆくなり

黄なる紙この世の罪を贖《あがな》ひてあの世に行ける通行証とか

## ベトナム戦争激戦地跡・古芝地道《くちとんねる》

道端に花販《ひさ》ぐ店並び来てをみな子祝ふ記念の日なる

ゴムの樹《き》の幾百となく植ゑられし林をぬけて
古芝《くち》へと向ふ

バイクの前うしろに鶏《にはとり》くくりつけ走る商人《あきんど》た
くましきかな

ベトコンがアメリカ兵と戦ひし古芝《くち》地道《とんねる》は頑
強なりき

米国の近代兵器に向ひたるゲリラ作戦見せる
地道《とんねる》

古《く》芝《ち》地《とん》道《ねる》のぼり下りの細き道巧妙にして迷路のごとし

ベトコンとアメリカ軍と戦ひし悲惨な写真掲げありたり

竹網に干して作れる飯の紙《ライスペーパー》農家の庭に並べられたり

竹網に飯紙《ライスペーパー》干せるあり臭《にほ》ひの強き食物なりき

タロイモの蒸したる一片食ひながら疎開生活
思ひ出しをり

バス中にとんぼ入り来て飛び廻る古地《くち》観光の
昼のひととき

## 永巌寺

灰色の衣を着あたま丸めたる若き尼僧の楽し
げにして

日本《ひのもと》の学び舎にありて仏教の教へ学びし学僧
に逢ふ

永巌の御《み》寺《てら》案内せし人は仏教大に学びし僧侶

越南《ベトナム》の墓は減りゆき寺中の納骨堂に変りゆく
とか

## メコン河クルーズ

メコン河のなまあたたかき風浴びて観光船は
のどかに進む

船中に椰子の実の汁飲みながらガイドの語る
日本語を聞く

人の名を素早く覚ゆる才《さい》持てるガイドはメコ
ンの河説明す

椰子実教

## とつくにの旅

キリストと仏陀のほかにカオダイの教へ一つに説く椰子実《ココナツ》教《きやう》

亀に乗るグロテスクなる壺のあり椰子実《ココナツ》教の教祖の玉座

キリストと仏陀の塔に橋を掛け平和の島と名付くるをかし

観光を目指して作る島なれど世界宗教混淆の島

## マングローブの運河

菅笠を冠りてマングローブ生《お》ふる運河小舟に
揺れつつ乗りぬ

メコン河の支流の運河ベトナムの乙女舵取り
ゆるりと進む

細き運河すれちがふ船を漕ぐ乙女愛らしき顔
は菅笠の中

緑濃きマングローブの覆ひたる静寂の中を舟
漕がれゆく

稲作に適するといふメコン河デルタ地帯の肥
沃なる土地

越南《ベトナム》は乾期なるゆゑ雨降らずしたたる汗も旅
はいとはず

メコン河の船旅はよし心地よき風に吹かれて
眠りつつ往く

汗かきて歩みしあとに乗る船の心地よろしき
メコンの風は

メコン河濁れる川の水しぶきかかりて渡る観
光の船

ノンと呼ぶ菅笠被りアオザイを着たるバイク
の中年の女《ひと》

若乙女ノンを嫌ひて帽子被りマスクして走る
バイクファッション

## 帰国偶詠

二十年毎に建て替ふる遷宮の意義教へくれし
アンコール遺跡

二十年毎の遷宮思ふなり不安定なる石造の館《いへ》

二十年《はたとせ》ごと連綿として造替する木造文化を秀
れしと思ふ

遷宮は世界一なる保存法と云ひし教授の言葉諾《うべな》ふ

遷宮の意義を異国へ来て思ふ惟神の道の尊きを知る

# 短歌　シカゴ紀行

国際ロータリー百周年世界大会・アメリカ
「シカゴ・ラスベガス・グランドキャニオン」
平成十七年（二〇〇五）六月十六日～六月二十三日

## シカゴの街

ミシガンの湖《うみ》に真向ふ摩天楼シカゴの都市の
象徴なりき

世界一高きと云ひし建物の上より見おろすシ
カゴの街を

シカゴ川高層ビルの最中《もなか》ゆく涼しき風が頬《ほほ》を
撫でたり

とつくにの旅

水清きシカゴ川ゆく乗合船異国人《とつくにびと》と共に楽しむ

さまざまな高層建築建ち並ぶ中を流るるシカゴの川は

昨日昇りし超高層の屋上を今日はシカゴの川より見上ぐる

いくつもの跳《は》ね橋越ゆる乗合船シカゴ川吹く涼風のなか

米国《アメリカ》の国旗なべてのビル上にも掲げられたり
誇《ほこ》らしげなる

## 百周年記念パレード

百年を祝ふパレードつぎつぎに趣向をこらす
行列の人

世界より色とりどりの衣裳つけ百年祝ふ喜び
溢る

肌の色の違ひはあれどそれぞれに奉仕の理想
求め集へり

行列《パレード》の公報《アピール》示す横幕はポリオをなくす言《こと》の葉《は》
多し

延々とつづく行列《パレード》のなかにありわが日本《ひのもと》の旗
見つけたり

広島の法被《はっぴ》を着けし日本人四人並びて歩く淋
しさ

日本《ひのもと》の旗の少なさ嘆きをりわが団体も示せ国威を

世界大会会議（マコーミックプレイス）

大会のとり行はるる会場は行けども行けどもつづく廊下は

この広き会場に人溢れたり登録する人買物する人

とつくにの旅

入場の式の前なる鼓笛隊若者達の凛々《りり》しき姿

百年を祝ふシカゴの大会は規律正しき鼓笛に始まる

百六十の国人集ひ合ひ奉仕の理想胸に楽しむ

会場をうづめつくせるロータリアンいづれの顔もにこやかにして

ロータリー祝ふ言の葉とりどりに記せる大き
幡掲げたる

ブッシュ・アナン名高き大人《うし》の大画面映像う
つり百年祝ふ

会長は杖を曳きつつ壇上に進み超我の奉仕説
かるる

神戸倶楽部の旗《バナー》を交《かは》しし相手がたネパール国
の会長なりき

## ポールハリスの墓地

静かなるオークの木陰のなかにしてポールハリスは眠りたまへる

マウントホープ広々とした墓地《はか》の奥に扶輪《ロータリー》の祖《おや》の奥都城《おくつき》ませり

ポールハリスの墓の隣に立つ石碑超我の奉仕《サービスアバウブセルフ》の文字見つけたる

## エバンストン国際ロータリー本部

エバンストンなるロータリー本部のありし入口は世界の旗立ち賑ひにけり

ポールハリスの像に並びて握手する人つぎつぎと写真機《カメラ》に入りぬ

会長の世界を股に馳せめぐる地図にしるせし数に驚く

うすぐらき部屋に一つの机ありポールハリス
の執務せし場所

ポリオをばこの世からなくす運動を捧げし人
の写真が並ぶ

議長席に座して点鐘の前にをり奉仕の思ひし
きりにつのる

## フランク・ロイド・ライトの家を訪ねて

短歌　シカゴ紀行

その昔わが宮に参りし設計師ライトの家を訪ね来れり

ライト家《け》の売店に見つけわが宮の写真に会《あ》ひし時の喜び

設計師ライトの家は幾つもの彫刻ありて思考を思ふ

ライト家《け》に程近くあるヘミングウェイの誕生したる家も残れり

不思議やながわが宮参り写されしライトの写真
いま見つけたり

帝国ホテル設計をせし著名なるライトの家は
閑静《しづか》なる場所

建物に特異な彫刻しつらへるライトの家は観
光名所

シカゴよりラスベガスへ向ふ

天空に満月かかり飛行するロッキー山脈は雪をかつぎて

シカゴよりラスベガスに向かふ飛行機は四時間かけてロッキーの上

## グランドキャニオン

重畳と積み重《かさ》なれる大岩壁朱色の壁に影を落とせる

とつくにの旅

重畳と積み重なれる岩壁は赤く染まりてそそり立つなり

セスナ機はグランドキャニオン渓谷の谷底に沿ひてゆらりと飛べり

突然のエアポケットに落ち込めり肝を冷やせるキャニオンの谷

# 短歌　ドイツ・フロンメルン紀行

生田神社神事芸能団ドイツ公演

平成十七年（二〇〇五）七月二十日〜二十七日

## シグマリンゲン

緑濃き小川なれども大河なるドナウの源此処《ここ》を流るる

シグマリンゲン街中に建つ中世の城は茶色の影を落せり

プロイセンの堅固な城とうたはれしホヘンツォレン山に聳ゆる

サンスーシー宮殿建てし王侯はこの山城の主にぞありける

麦畑黄色くなりて実りをるもろこし畑と隣り合せに

田園を南ドイツの道を往くゆけどもゆけども麦畑なる

シュヴァービッシュ・グムンド（クラウス・リヒター・ガバナーエレクトをＧＳＥの件で面談）

中世の面影残す彫刻の街角にある石畳の道

一角の白き獣《けもの》が見つけしと伝へる街はおだやかにして

ロータリー・エレクトの家訪ねたりGSEの書類を持ちて

註　GSE＝研究グループ交換

エレクトは経済倫理教へたる白髪の人笑みをたたへて

物理学と化学の教授勤め終へいま教会の仕事に就かるる

四十年のロータリークラブ歴持ちし人職業倫理の重要性説く

東大に哲学学びし才媛のドイツ通訳流暢にして
（青山みき嬢通訳をつとめる）

中世の教会の中の舞台にてロック楽団練習始む

キリストの教へを説きし教会も若者達の踊りの稽古場

街中の噴水塔の彫刻にケルト文化の名残見つけたり

見張り台見おろす村はその昔ローマとゲルマン戦ひし跡

世界遺産に選ばれしてふ丘の上に木造りの塔寂しく建ちぬ

# ボーデン湖

スイス国国境近きボーデン湖へ異国の友と旅
に出でたつ
キューバ・スペイン・クロアチア・またアフ
リカの友と旅するドイツ仲間も
尖塔に風見鶏立つ南独の赤き屋根もつ集落を
往く

ゆきゆけば出会ふ車もなくなりてボーデン湖
畔ま近くなりぬ

## バーリンゲン・フロンメルン

日曜の休日に立つ朝市は物ひさぐ車軒を並べ
り

## フローメルン民俗芸能団記念公演

クロアチア・南ア・スペイン・キューバ・日
本集ひて競ふ民族舞踊

フロンメルン民族舞踊の新しき殿堂建ちぬ夏
の佳《よ》き日に

マンフレッド髭たくはへし頑強な体と心持ち
し良き人

民族の踊りの集ひひろげゆく世界平和の信念
もちて

アフリカの黒き肌身に着けし物ニューファッションといへる装飾

異国《とつくに》の衣裳を見ればその国の形・色彩國《くに》柄《がら》わかる

日本デーのメニューはさうめん・いなり寿司・てんぷら・みそ汁・焼肉もあり

団員は食材をととのへ料理する野菜切る人魚・肉焼く人

とつくにの旅

折鶴を箸置きにして順序よく皿並べおく日本の卓は

馴れぬ箸持ちて料理に向ひたる異国の人はにこやかにして

頑是《がんぜ》なき幼き子らは衣裳着け無心に踊る音に合せて

左右踊る順序を間違へて踊る幼な子かはゆげにして

この兒らはやがて民族舞踊団の中核となり名を挙げゆくらむ

フロンメルン　クラブハウスの落成の式に招かるわが芸能団

神戸より持ち帰られし石灯篭クラブハウスの庭に立ちをり

わが宮の正月飾り授与品の破魔矢柱に掲げてゐたり

古き農家を改造したるフロンメルンの館いかしく街に建ちたる

クロアチアの友が作れる数々の料理食ひつつ夜は更けゆく

アフリカの黒き肌なるよき友の力強き唄部屋にこだます

肌色の違ふ踊り手集まりぬクラブハウスの竣工祝ひて

## ノイシュバンシュタイン城

十七年かけ築かれし白鳥の城は数奇なる王の
分身

断崖に聳ゆる城はやさしくて童話の世界へ夢
さそふなり

城中の王の寝室豪華なりワグナー歌劇の場面
描かる

白鳥の城に住むことかなはずに儚なくなりし
王の運命

白鳥の城への登り道嶮し徒歩バス馬車の三通
りの道

たくましき葦毛の駄《だ》馬《ば》が目をむきて人乗せ登
る城への道は

城中を飾れる木造り扉には細工巧みな彫刻の
あり

# 短歌　サンディエゴ紀行

ロータリー国際協議会（サンフランシスコ州サンディエゴ）
平成十八年（二〇〇六）二月十三日～二十二日

潜水艦巡洋艦にミッドウェイ軍港の街サン・
ディエゴに着く

椰子《やし》の木の立並びたる大通りヨットの浮かぶ
暖き街

海近く天に聳ゆる摩天楼国際会議の集ひの場
所は

手に長き布折り曲げて颯爽と制服を着て会議
に臨む

率先をせよとの会《を》長《さ》の言葉あり帰りて集ひに
語り伝へむ

やさしき目鼻高くして痩《そう》身《しん》のボイドの御《み》手《て》は
柔《やは》らかくして

水、識字、貧困、飢餓の苦しみを身に味はひ
て率先奉仕を

やさしさと正しく直き心こめ教へ導くリーダ
ー達は

あの友もこの友もまたかの友も熱弁ふるふ円卓会議

謙虚さと自信を持ちて臨《のぞ》めとの講師《ビチャイ》の講話諾《うべ》なひて聞く

北極星目指す世界の友《とも》輩《がら》はポリオをなくす行末願ふ

高らかに手と手をつなぎ我が友は声張りあげて舞台に歌ふ

## とつくにの旅

ジー・エス・イーのドイツの友と出会ひたり
　来訪願ひ固き握手を
　　　　註　G・S・E＝グループ研究交換

シー・エル・イー識字促《うなが》すプロジェクト比律《フイリツ》
賓《ピン》の友と出会へり
　　　　註CLE＝識字教育方法

外《と》つ国《くに》の友と出会ひし挨拶は名刺交換ピンの交
換

毎日を過ごす夫婦《ふうふ》の研修にめをとの絆《きづな》固く結
ばる

サン・ディエゴ日々学び来し外国《とつくに》の友と交はり奉仕を目指す

会長の主題《テーマ》を基《もと》に学びをり研修会は厳しく楽し

それぞれに学びし事項告げなさむペッツに臨み予習はつづく

註（ペッツ＝ＰＥＴＳ次期会長研修会）

とりどりの衣装を着けておどけつつ入場をする晩餐の宴

## とつくにの旅

日本《ひのもと》の出番はマツケンサンバなり夫婦揃ひて
会場湧かす

和服着て銀の棒振り踊る妻《さい》扇《せん》子《す》翳《かざ》して支へる
夫《つま》は

生野菜くさぐさのパン・肉・魚・みそ汁うれ
しビュッフェの食事

国境を越ゆれば原色メキシコの砂《すな》埃《ぼこり》立つティ
ファーナの街

マリアッチに踊る男のかたはらに仕事に打込
むメキシコ女

事務局員代表幹事に電話する無事に終りし言
の葉告ぐる

そのテーマ・強調事項思ひつつ帰り支度の荷
物を造る

抱《いだ》きあひ別れを惜しむ友達は再び出会ふ日を
楽しみに

とつくにの旅

さはさあれ茶飲み酒飲む友はあれ奉仕する友ぞまことわが友

研修を学び終りて帰りなむ習ひ修むる扶輪《ロータリー》の道

# 短歌　北欧紀行

国際ロータリー第九十七回世界大会

（デンマーク・スウェーデン・ノールウェイ）

平成十八年（二〇〇六）六月十五日～六月二十四日

## デンマーク古城めぐり

クロンボーのお濠に浮ぶ白鳥に黒鳥の子居《を》り
可愛ゆげにして

陰《いん》鬱《うつ》に重厚たりしハムレットの城は明るく軽
快なりき

クロンボー城の空砲を撃つ兵隊は迷彩服着た
大きな男

シェークスピアの肖像刻まる城の壁ハムレットとの関はり記す

幽霊が出るてふ噂のレストラン訪ねる人無く
ひつそりとして

王室のつづくノルウェー・デンマーク国家の
品格たかく覚ゆる

興亡にあけくれながら国王の守りし城の歴史
はるけし

デンマークの血と血で争ふ城のなかの歴史ガイドのイヤホンに聞く

フレデリックの城に飾れる勲章に明仁天皇の菊花と出会ふ

象印勲章と呼ぶみしるしに明仁陛下の菊花輝く

神社《みやしろ》の神輿《みこし》に似たる王宮の祭壇に想ふ剣璽《けんじ》の御動座

## アメリエンボー宮殿・人魚姫の像

王宮に旗ひるがへり皇太子の生誕祝ふ晴れの広場は

皇太子の誕生の日の衛兵は赤き服着て祝意表はす

熊の毛のぶ厚き帽子深くかぶり赤き服着け交代告ぐる

捧げつつするどき剣の音すなり若く凜々《りり》しき
王の衛兵

世界中の人を集める人魚姫なじかは知らねど
黒光りせる

入れ替り立ち替りする人魚姫の前に立ち居り
写真撮る人

人魚姫の川をはさみて向ふ岸に風力発電七機
回れる

とつくにの旅

神社《みやしろ》の千木《ちぎ》と似たりし藁屋根の民家はつづく海辺の町に

初夏の日はさんさんと照りし浜辺には日光浴の人等《ら》賑ふ

海峡の真向ひに見ゆスウェーデン高き建物かげろふのなか

## 世界大会開会式（ベラセンター）

ガバナーの信任状を提出し晴れやかにして大会へ向ふ

聾唖《ろうあ》者のために鳴《なら》せる点鐘は光りを放つ新しき鐘

会長の開会の辞はロシヤ国も地区に入ると誇らしげなり

スウェーデン・デーンマークへと懸る橋祈る主題《テーマ》は世界に架橋を

## とつくにの旅

ステンハマーの家族明るく壇上に登りて国際
大会始まる

アンデルセン童話仕立のミュージカル開会式
を彩《いろど》りにけり

アンデルセン童話の国のデンマーク開会式の
主役なしたる

幼かりし日読みし童話のマッチ売りの少女の
話舞台にあがる

会長の言葉とアンデルセンのミュージカル簡素ななかに趣向をこらす

## ベルゲン（ノールウェー）

石楠花《しゃくなげ》に金鎖花《きんくさりばな》すみれ草浜茄子《はまなす》の咲くベルゲンの街《まち》

グリーグの家のまはりは石楠花《しゃくなげ》に金鎖花《ゴールデンシャワー》咲き乱れたり

グリーグの曲の流れる館《やかた》にはセピア色した写
真が並ぶ

皇后の弾かせたまひしピアノあり品良き小さ
なコンサートホール
(註) 皇后＝美智子皇后陛下

グリーグの横顔どこかアインシュタインに似
たると思ふ写真みながら

台所にグリーグゆかりのピアノあり隅《すみ》に蛙の
御守りもあり

ケーブルカー頂上に登り見おろせるベルゲン
の街は港湾美の都市

ケーブルをのぼりて望む街《まち》並《なみ》は湾をめぐらす
バイキングの郷《さと》

大小の船のとどまる港辺に整然と建つ赤屋根
瓦

グリーグの生れしベルゲンブリッツゲン世界遺
産の家《いへ》並《な》みつづく

グリーグの作りし朝の名曲を聞くたび街の品
格想ふ

魚市場に販《ひさ》ぐ店々なかんづく人目引くのは鱈《たら》
を売る店

鱈《たら》を獲《と》る漁師の住める宿の部屋思ひ出させる
日本の蛸《たこ》部屋

地盤沈下に傾きてあるブリッゲンの木造の家
も味はひ深く

中世の街並み残すベルゲンの木造の家の慣習偲ぶ

虫《むし》除《よけ》になるてふ紅《べん》殻《がら》赤色は農作物に携《たづさは》る家

## フィヨルド観光

車窓より見えしフィヨルド長《なが》々《なが》と山《やま》峡《かひ》を往《ゆ》く灰色の海

左右《ひだりみぎ》車窓に見ゆる白滝を声を挙げつつ移動する客

だんだんと見飽きて来たる客達は静かになりぬ車内の席も

デジタルもアナログもあり素人《しろうと》のカメラマン達滝写しをり

くの字型に落ちる白滝岩壁の襞《ひだ》を横切り閃光走る

白煙の立のぼる怒濤の水しぶき吹上げるなか
音楽聞こゆ

その昔トロルを見たる幻覚と思へる岩に滝し
ぶき充《み》つ

船上より撒《ま》かれし餌《ゑさ》にさそはれてカモメ群れ
とぶフィヨルドの空

日の当る岩襞《ひだ》かげは黒ずみて奇怪なるかなフ
ィヨルドの山

岩肌に沿《そ》ひて曲れるベイテレン・フィヨルド
観光船旅なかばなり

ウンドレダール小さな教会スターヴと名付け
られたる島見つつ往《ゆ》く

豪快に屹《きつ》立《りつ》をせし超岩壁氷河の巨大偲ばるる
なり

東山魁夷画伯の描きたる大瀧太く目《まな》交《かひ》にあり

短歌　北欧紀行

三段に折れて流るる大瀧はのこぎり滝と名付けられたり

東山画伯描けるサーグ瀧のこぎり瀧と人は呼ぶなり

幾百の白滝見たりそのさまの同じものなし自然の神秘

高きより落つる滝あり近きより吹きあぐるありあやしきフィヨルド

フィヨルドよりカモメ見る人船の上に子供と
共に戯れにけり

古《いにしへ》の一万年ものの巨大なる氷河の前にふれ伏す
われは

瀧のしぶき飛び散るかたに七色の虹の架《か》かれ
る山峡《やまかひ》の道

グリーグの曲を聞きつつバスは往く残雪いだ
く山を背にして

スタルハイムホテルに休み求めたるトロルの
童話今宵読みなむ

双子瀧《ツヴィンデ》てふ流れの清き水飲めば十年《ととせ》若やぐと
伝へられしを

入れ替り立ち替りして瀧の水屈《かが》みて飲める
扶輪《ロータリー》夫人《ふじん》

## 世界大会閉会式（コペンハーゲン・ベラセンター）

とつくにの旅

ステンハマー・ボイド会長それぞれに主題《テーマ》組み込み弁舌冴ゆる

超我の奉仕率先しようとそれぞれに思ひを語る新旧会長

ビル・ボイド強調事項組み込みて率先垂範すすめる演説

バイキングの歴史彩《いろど》るミュージカル幼な子の声澄みわたりたる

フィナーレは蛍の光合唱しソルトレイクに再会誓ふ

閉会式終りて外に出でし時日本の理事と出会ふ喜び

北欧は白夜なりけり夜中までボール遊びに打興じる子等《こら》

フィヨルドの旅も終りに近づきぬトロルの玩具記念に求む

冬スキー夏ジャズフェスティバル　ボスの街
瀟洒《せうしや》な家の立並ぶ丘

## オーデンセン（フュン島）

オーデンセンはアンデルセンの生《あ》れし島お伽《とぎ》
の国の香りする街

父母の愛受けて育ちしアンデルセン　ガイド
の話身にしみて聞く

母親が厳しき冬に涙流し洗濯せし川静かに流る

幼きを貧家に育ちしアンデルセン夢《ゆめ》持《も》ちつづけ大作家となる

百四十四国に翻訳されし本を持つアンデルセンは偉大なる人

虫《むし》除《よ》けになるてふレンガの赤壁は農作物に携《たづさ》はる家

白壁の家は住宅赤壁は農民達の住める家とか
アンデルセン下宿せしてふ家の壁赤く塗られて窓閉めてあり

## 北欧雑感

晴れの日のつづく北欧扶輪《ロータリ》の旅に団員和《なご》む日々《にちにち》

妖怪のトロルの出《い》でて来るやうな曲りくねり
し白《しら》樺《かば》並木

スウェーデンより独立をせしノールウェイ親
日の国と人は云ふなり

ノルウェーは近代建築嫌《いと》ふてふ伝統文化守る
国《くに》民《たみ》

菩提樹のあざやかなりし街路樹の通りに並ぶ
中世の街

地震《なゐ》ゆりし国より訪ねしデンマーク地震《なゐ》なき
国とはうらやましきかな

## マルメ（スウェーデン）

国境にE《イー》・U《ユー》マークの迫り来て四《よ》つのつり橋
一瞬に渡る

スウェーデン・デンマーク人の性格《さが》の違ひ熱
く語れるバスのガイドは

大会のシンボルマークとなりし橋渡りて思ふ
会長の顔

天然の塩島に向ひ人工の胡《こ》椒《せう》の島てふ名の面
白き

鳥の棲《す》む自然を残し人工の島を向ひに作る智
恵者よ

風力発電白き三つ羽根並びをり環境保全問ひ
かけてゐる

白亜なるねぢれし奇妙なターニング・トルソ
イ橋の入口に建つ

## 付録（無門会の人）

小沢会長指導よろしく和気《わき》藹《あい》藹《あい》一つ心の旅路
楽しく

美女揃ひいづれあやめかかきつばた無門の会
のご夫人達は

医者と僧侶のボケとツッコミ名コンビ吉本漫
才顔負けにして

吉本の喜劇役者も顔負けの人笑はせる鹿児島
の僧

洋食のメニューに飽きし食卓に西利《にしり》の漬物出
たる喜び

添乗は東京外大出身の心こまやかやさ男なる

# 短歌　臺灣・新竹紀行

臺灣新竹ロータリークラブ姉妹提携四十周年
平成二十年（二〇〇八）一月二十一日～二十三日

桃園の変貌ぶりに驚きぬ新幹線の初乗り楽しむ

台北へ新幹線に乗り込みつ近代化せる街眺めつゝ

ドイツ国に勝ち選ばれし新幹線席幅広く乗心地よし

七十万の宝物納むる故宮博物館いまは説明イヤフォンに聞く

## とつくにの旅

楊貴妃に似たる唐俑にそつくりと妻を指差しささやく会員

毎日を楊貴妃と暮してゐるのねと我をひやかす会長の妻

よく喋る台湾ガイドの謝淑女名とは異なる怪女なるらん

米山の奨学生の阮偉倫父子を迎へて中華の晩餐

米山の奨学制度の有難さ熱込め語る阮君の父

烏来《ウーライ》の高砂族と舞台に出て結婚式の祝ひを踊る

原住民の手作りになるベスト着け若者と踊る年を忘れて

烏来の森林浴しつつ山登り二段の瀧を眺めやすらぐ

ビーフンの町新竹も今シリコンバレーの地区に高層ビル建つ

新竹の扶輪例会賑やかにみやげ次つぎ持ち来る会員

新竹と神戸の扶輪交流の歴史を語る秋山長老

新竹と神戸を結ぶ扶輪社《ロータリークラブ》いよいよ強まる友好《とも》の絆《きづな》は

新竹の四十年の記念日に神戸の友が来たり言《こと》寿《ほ》ぐ

地震《なゐ》の時はた地区大会の来日に感謝伝へる今日の良き日に

楊さんも周さんも皆年老いて四十年《よそとせ》前の当時を偲ぶ

新竹の会員達も若返り見知らぬ人の多くなりぬる

## とつくにの旅

着物着て尺八を吹き荒城の月とさくらを聞かす幹事は

摩天楼と呼ばれし米国追ひ越して八十九階の建物見あぐる

世界一高いと云はれしビルに来て三十五秒で登ぼる驚き

球型の揺れのバランスとるといふ機械に願ふ地震《なゐ》起こるとき

街中は雲のかかりて何物も見えずイヤフォン
の声のみ聞ゆ

ピピちゃんと仇名を貰ひし奥井大人《うし》公園見る
たび頭を下げる

中山てふ名の記念堂の名が変はり自由広場と
なりたるは悲し

うどんありそばあり納豆たくあんも並びし晶《リー》
華酒店《ジェントホテル》の朝食

# 短歌　トルコ紀行

# 神道海外交流・トルコ共和国宗教事情視察

平成二十年（二〇〇八）三月七日～十四日

## カッパドキア

岩壁を刳《くり》貫《ぬ》きて造《な》成《せ》る怪ホテル壁と装飾古色のままに

岩穴をわが物顔に出入りする白黒三毛の野良猫多し

岩肌に雪の残りて光りをり朝日の昇るカッパドキアは

とつくにの旅

岩壁をところどころに刳《くり》貫《ぬ》きて石油ランプは
夜道を照らす

オリーブにトマトチーズにヨーグルト素朴な
パンはトルコの朝食

美しき白馬の暮す国といふカッパドキアの地
名の由来

溶岩と火山の灰の堆《たい》積《せき》しカッパドキアの不可
思議な景色

きのこ型煙突状の岩層が名所となりぬカッパドキアは

その昔火山噴火の溶岩の流れて残せしきのこ岩《いは》群《むら》

キリストの生涯描くフレスコ画色あざやかに残す天井《てんじやう》

絨緞《じゆうたん》の織られるまでの工程を日本語巧みに話す店員

とつくにの旅

あやしげな日本語使ひ執拗に付き纏《まと》ひくる
土産物屋《みやげものや》は

雪残すカッパドキアのきのこ岩林立の姿お伽《とぎ》
の国ぞ

朝まだきホテルの部屋に聞えくるコーラン伝
へるエザンの声が

円型の階段状の卓の上にトルコ料理が運ばれ
てくる

ベール冠《かぶ》り腰くねらせて踊る娘《こ》の目鼻際《きは》立《だ》つ夕餉《ゆふげ》の舞台

此の国はヒッタイト・シリア・オスマン・ビザンチン・ペルシャ・ローマの侵略を受く

妖《えう》精《せい》の谷てふ岩は水による浸蝕をうけ奇観となせり

赤色の地に白ぬきの三日月と星の土《ト》耳《ル》古《コ》旗岩上に靡《なび》く

洞窟のホテルと同じ生活を営み住めるカッパドキアの人

富士山より少し小さな死火山のハサンザン山霞《かす》みて見ゆる

アンカラは地震の起る街《まち》なれどアクサライのみ地震なき街

コーランは三十章に六千六百六十六文あり

ムハンマドは三十二才まで羊飼《ひつじかひ》読み書きできぬ神の預言者

## アーズカラハン（シルクロードの町）と塩湖

入口の暗き宿てふ王様の泊りし建物廃墟となりぬ

石の部屋に絨緞《じゆうたん》を敷きホームレスの住みたる廃墟に栄華を偲ぶ

絹を求め西へ東へ往き交《か》ひしシルクロードの
宿《やど》人いまはなし

カッパドキアからアンカラへ向ふ一《ひと》すぢの道
さへぎるものなく塩湖へ向ふ

水《みず》際《きは》に白き塩《しほ》噴《ふ》きただ静か波ひとつなく黒ず
む塩湖

## アンカラ

## アナトリア文明博物館

世界一古いといはれしキベレ像金物はじめて
作りしヒッタイト人

異様なる牛が動くと地震《なゐ》おこると土耳古《トルコ》に伝
ふ鯰《なまづ》はいかにと

アナトリア文明館に考古学の発掘器材贈られ
し三笠宮

キベレ像の左手に持ちし石榴《ざくろ》の実《み》豊穣しめす
象徴といふ

## アタチュルク廟

トルコ一《いち》の大きな国旗靡《たな》びけるアタチュルク
廟は偉容な建造物《たてもの》

アンカラの街見はるかす丘の上に立柱並ぶア
タチュルク廟

かしこきや高松宮の納めたる日本刀あり記念の館に

## アンカラ宗教庁表敬訪問

トルコのため生命《いのち》捧げし英雄は国家と国民挙《こぞ》りて讃へる

土耳古国の戦歿英霊思ふとき厳《いか》しく敬へ靖国の神

## とつくにの旅

現世《うつしよ》の日本と土耳古の英霊観格差を思ひ風潮嘆く

職員の給与は国から与へらるる土耳古の宗教庁の優遇

政教の分離は国の建前《たてまへ》とイスラム教の優位変らず

イスラムのジャーミー建設費用には無税となして優遇はかる

アンカラの大学はじめ官公庁デパート商店国旗はためく

自虐史観捨て愛国心芽生えさせよと土耳古に来たりて日本を思ふ

## イスタンブール

三千年三大王朝首都たりしイスタンブールはイスラムの街

イスラムの聖堂ジャーミーを訪《おとな》ふに体《からだ》の八カ所まづ清めをり

※ジャーミー＝トルコではモスクのこと

ジャーミーに入る前儀とて頭顔手足耳首水にて清むる

ジャーミーの円《まる》き天《てん》井《じやう》右《みぎり》にはアッラー左に預言者ムハンマド青きアラビア文字が目に入《い》る

ムハンマド亡きあと四人の後継者同じ青にて描ける名前

堂内より甲《かん》高《だか》き声鳴り響くメッスの子供がコーラン唱《とな》ふ
※メッス＝イスラム教の白い帽子

メッス冠り髭たくはへし温和なるミューエッジンに出会ひ語らふ
※ミューエッジン＝イスラム教の神官（イマム）のアシスタントのこと

金角湾夕日に映えて輝けり緋寒桜も湾岸に咲く

街中に結婚衣装の店ならび時折挙式の二人と出会ふ

結婚の式はジャーミー神官を訪ね願ひて自宅
　に招く
※神官＝イスラム教ではイマムという
自宅にて神官の前に婿と嫁証人立ち合ひ約束
　をする

花嫁に金《きん》八十一グラム与へ夫の死後も困らぬ
　策とす

トーゴーの名前の付くる靴屋あり東郷・乃木
　を讃へる国ぞ

## ボスポラス海峡

鯆《はまち》・鰺《あぢ》・鰯《いわし》・茅《ち》渟《ぬ》・鯛《たい》・鯖《さば》・伊《い》勢《せ》海《え》老《び》に蛸《たこ》も
並びし浜辺の魚市

貸切りの観光船に乗り込みてボスポラスの海
を眺むる春風のなか

欧州と亜細亜を結ぶサッチャー橋橋下を通る
感慨深く

合弁の鹿島建設造り成すボスポラスの海峡《うみ》繫《つな》げる橋は

イスタンブールの海のクルーズゆつたりと東西文明の歴史を偲ぶ

ボスポラス海峡はさむ丘の上に色とりどりの館《やかた》が建ちぬ

船上よりイスタンブールの歴史をば学び楽しむ春めく海に

海峡の島の林に偉容なす大統領館見え隠れする

シンガポールの青きタンカーわが船に並びて過ぎるボスポラスの海

黒《こく》海《かい》を臨む海峡の最《も》中《なか》にて風強き船より霞む波見ゆ

黒海より移住せし人居るといふ海より見ゆる長き丘の街

船降りてバスに乗り換へ黒海を間《ま》近《ちか》に見ゆる
岬に立ちぬ

## イスラムの聖地テッリババ

結婚も出来ず身《み》罷《まか》りし聖人のテッリババの墓
をわれら訪ねる

婚前の花婿花嫁幸せを願ひお墓に金絲を結ぶ

土耳古にはくさぐさの古き俗信ありテッリババの墓に置く金絲の束《たば》も

## 旋回踊

シルケジの駅の構内一隅に旋舞教《メヴラーナ》の踊り厳《いか》しく始まる

円筒の帽子に白服みぎひだり手肩にぞ掛け旋回踊る

とつくにの旅

トルコ帽冠りし首を傾けてスカート靡《なび》かせ回りに回る

五《いつ》人《たり》の楽師に詩《うた》を唄ふ者うしろに並びて舞人ささへる

笛太鼓トルコの楽器を打ち鳴らす髭《ひげ》たくはへし五人の楽士

旋回の踊りによりてイスラムの神と一つになるてふ教へ

ヨーロッパの終着駅てふシルケジ駅赤き壁なす名高き駅舎

## トプカプ宮殿・ドルマバフチェ宮殿

大砲の門と名付くるトプカプの宮殿につづく人の行列

宮殿の衛兵交代時《とき》は来ぬまさしく海の汽笛が鳴りぬ

背の高き凛《り》々《り》しき衛兵微動だにせず台上にのぼりて立ちつ

X線検査終りて宮殿に入《はい》るや春の花の香ぞする

ヒヤシンス三色すみれチューリップ花々咲きし宮殿の春

卒業の記念旅行の女子大生宗教施設を巡《めぐ》ると言へる

ボスポラス海峡近く宮殿は汽笛の音すエンジンの音も

## ブルーモスクとハギヤソフィア博物館

キリストとイスラム教の同居するハギヤソフィア館は珍奇な聖堂

アタチュルク政治手腕の見せどころハギヤソフィアをば博物館となす

ジャーミーのステンドグラスはイスラムの希
望の色と青を基調に

青希望、赤は活力、黒地獄、白は平和とイス
ラムの色

## アレヴィー文化協会

アレヴィーの文化協会訪ねるや葬儀始まり混
雑きはむ

アレヴィーの預言者両手に抱へをる獅子と鹿とは土俗の神使

イスラムにはさまざまなりし土俗あり伝説もあり迷信もあり

日本より古伊万里の壺置かれゐて鳳凰牡丹の模様懐かし

## バザール

とつくにの旅

四千の店のひしめくバザールの品さまざまを
販《ひさ》ぐ様子《さま》見る

トルコ石金製品に絨緞と迷路のごとき道に店
あり

どの店も日本語巧みにあやつりて品物売り込
む髭面《ひげづら》男

偶感

よく歩き日本語よくする添乗員しかるにアル
カン（歩かん）とは名前の皮肉

団長に幹事長はた事務局長少宮司顧問となす
会は万全

総括は三十一文字《みそひともじ》にて回答す年老いしわれの
出来得《う》る事かと

# 短歌　ポーランド・ドイツ紀行

神道政治連盟海外研修・ポーランド・ドイツ宗教事情視察

平成二十一年（二〇〇九）七月二日より七月九日

## 短歌　ポーランド・ドイツ紀行

懐しき神ながらの友集ひ来て成田飛び立つ梅雨空のなか

真夏日の照りつける夕べドイツよりワルシャワに向けルフトハンザ飛ぶ

ワルシャワに向ふ機内の眼下には虹懸《かか》りをりドイツの空に

神典の古事記訳せしポーランドの博士ゆかりのワルシャワに着く
古事記訳（ポーランドの博士＝ヴェスワス・コタンスキー）

## ワルシャワ

同い年の建築学の老教授熱帯び語る街の再現

戦争破壊分割消滅せし国を建て直したるもの
愛国心は

大戦に壊滅したる街再現し世界遺産となる稀
有なる国ぞ

王宮は全国民の寄付により伝統再現せし国の
象徴

世界中くまなく探しし王宮の装飾物や建物の
一片

街中にコペルニクスの座像あり天球持ちて理
知のみなぎる

ワルシャワの守護神たりし人魚像の周りに裸
の子水浴びはしゃぐ

とつくにの旅

蜂蜜の樹と呼ばれをる街路樹の甘き香りの充
ち来る街なか

半開きの窓より見ゆるあやしげな木彫のある
キュリー夫人生家

キュリー夫人の生家てふ銅板の説明書に見入
る我等の仲間

重厚にして古色帯び黄土なる壁の建物ショパ
ンの館《やかた》

コペルニクス、ショパン、キュリーにワレサ、ヨハネ・パウロ二世の輩出せし国

科学芸術文化宗教多彩なる人物出したる不幸なる国

ロシア・ドイツ周辺外圧はね返す伝統守れる愛国国家

弾圧に分割殺戮消滅せし国は根づよく生れかはりぬ

とつくにの旅

世界にあり憲法起せし二番目の国には何故か
品格感ずる

大使館の白石和子参事官宗教事情詳しく語れ
り

教皇の「この国を変へよ」の一言が奮ひ立た
せしポーランド国
（注）教皇＝ヨハネ・パウロ二世

コタンスキーの弟子てふガイドのヨランタ女
史日本語うまく喋りつづける

戦ひと分割殺戮耐へぬきて絶体絶命時の強き心は

東大にありて芭蕉を研究せし女史はポーランドの反骨心説きたり

万民の祖国愛と反骨の精神《こころ》をもてる強き国民

## 無名戦士の墓

とつくにの旅

衛兵は微動だにせず立ち尽くす供花のなか永遠の火を背に

サルビアの花鮮やかに彫《てう》像《ざう》の立つ広《ひろ》庭《には》に満ちて咲きをり

菩提樹は白き花つけ街路に溢れほのかな香り日影和《なご》ます

団長は花束捧げ墓前に進み無名戦士の霊《みたま》を拝す

炎天のなか団員一同黙禱し無名戦士の霊慰むる

## 水上離宮

土曜日の昼下りなる水上宮結婚式の男女華やぐ

白青のドレスに花束持つ嫁につき添ふ花婿恥ぢらひてをり

ヨランタといふ名のガイド日本語をよく研究
し巧みに語る

法乗と僧名を持つウシュク氏は神戸で出会ひ
し不思議なる友

## ミュンヘン・カルテンベルグの騎士祭

ファンファーレ鳴り響く中《なか》青赤旗持ち威儀正
しカルテンベルグの祭り始まる

短歌　ポーランド・ドイツ紀行

アクロバットの旗の儀式を先頭に愈々始まる
騎士なる祭り

巨大牛二頭並びて競技の前地馴らしをする脱
糞もあり

ラッパ鳴り太鼓を打ちて入場の行列行進整然
として

ソーセージ、プレッツォパンにジョッキの生ビ
ール屋台ひしめく祭りの食べ物

剣と盾持ちて無邪気に遊ぶ児の親は勝手にビール飲みをり

栗毛の馬音に合せてダンスするよく馴らされし曲芸の馬

跳びはねる白馬を巧みに手綱しめさばく手つきの素晴らしきかな

白と栗毛二頭の馬の曲芸に場内喝采拍手鳴りやまず

六頭の馬の曲芸息をのむ騎士と馬との一体の
芸

それぞれに中世ドイツの衣裳つけ祭りに集ふ
老いも若きも

中世の騎士の姿をそのままに街中賑はふよろ
こびの祭り

プリンスはサラブレッドの馬に乗り品位漂ひ
挨拶をする

道化をり魔女をり裸の勇者をりカルテンベルグの騎士の祭典

飼ひ馴らされ訓練重ねし六頭の馬の曲芸に拍手喝采

プリンスが三十年《みそとせ》前に企画せし町おこしの祭り名物となる

小さな街カルテンベルグの名を挙げし騎士祭こそ市民の祭り

中世のドイツの風俗行列の再現されし祭り楽しむ

悪玉の憎き黒騎士善玉倒し終に白馬の騎士現はるる

立錐の余地なき観客席からは白馬の騎士に贈る拍手を

さながらに映画の場面を見るごとし龍虎の対決騎馬の戦ひ

黒づくめの衣裳黒馬に跨《また》がりて悪役の演技に
固唾《かたづ》をのめる

悪役の黒装束の悪大将精かんにして善玉なぎ
倒す

最後には白馬の騎士颯爽と現れ出でて悪者に
立向ふ

演出の効果ほどよく出演者もスタントマン入
れ迫力に充つ

競技場の中に設《しつら》へし地下室より煙立つ中悪役
現はる

雨の中微動だにせず迫真の騎士演技観るドイ
ツの観客

ドイツ日本大使館

菊の紋章飾れるベルリン大使館両陛下の写真
棚に掲げあり

東山魁夷の名高き風景画数多く館の壁に飾れり

現代のドイツの現状熱つぽく語られし大使は
香川の寺の人

伊東深水・山口蓬春・大山忠作日本の名画展
示されをり

ポーランド祖国死守せる気概学びドイツ憲法
の頑固さ尊ぶ

此処に来て愛国心に祖国愛今の日本の国《くに》民《たみ》学べや

## ベルリン

壁崩壊三ヶ月前に訪れしベルリンの街をバスで経《へ》回《めぐ》る

壁のあと石の印が続くのみ東も西も判らぬ街に

とつくにの旅

北里や森鷗外学びしフンボルト大学重厚格式保つ

北里＝北里柴三郎

ベルリンの壁ありし頃怖れつつブランデンブルグ門通りし時想ふ

落書きの壁今はなく売店に壁の欠片《かけら》を販《ひさ》ぐ店あり

菩提樹通り夏の日ざしの影落し肌《はだ》露《だ》出す乙女ら往交ひしげし

東西のベルリンの町今はなくビル立ち並ぶ平
和な街に

カラヤンが指揮せしベルリンフィル館《やかた》モダン
建築人目をひきぬ

壁崩壊前後の緊迫せし写真展示場にて説明を
聞く

ホーネッカー・ゴルバチョフ・ワレサ・チャ
ウチェスク時代の主役が展示されをり

## ミュンヘン

四十五《よそあまりいつとせ》前《まへ》のオクトーバーフェストの感慨湧き出でて初夏の芝生の広場眺むる

ネオゴシック様式示す市庁舎は名高き鐘と仕掛の時計

ミュンヘンの中心街なるマリエン広場仕掛時計に人々集ふ

正午近く広場に人は集まりぬ上を見あげる市
庁舎の塔

ミュンヘンの名物となる時計台人形劇の始ま
りを待つ

小雨降る市庁舎前の人だかり時間待つ間の手
もちぶさたかな

時間まではりの店を覗き込むとつくにの旅
の買物行事

鐘鳴りて長き音楽響きわたりやつと動きぬ時
計台の人形

市庁舎の塔にかかれる仕掛時計ウィルヘルム
四世の結婚の宴

王様と妃を奥に武士や騎士音に合せてゆつく
り動く

結婚の宴《うたげ》に催す騎士たちの武術の場面の人形
まはる

短歌　ポーランド・ドイツ紀行

二段にはペストの終焉祝ふため桶屋《おけや》が踊る喜
びの姿

二段目の民族衣裳の男たちまはりまはつて静
かにとまる

人形をみつめる人は一斉に一点凝視す老いも
若きも

飛行機の移り変りや船舶の歴史教へるドイツ
博物館

とつくにの旅

大ジョッキのミュンヘンビール酌み交しソーセージ食ひ話は弾《はづ》む

オクトーバーフェストに食ひしプレッツェル昔のままの名物パンは

楽士弾《ひ》く音に合せて男女二人民族衣裳着け軽やかに踊る

かつて来しビール食堂に客集《つど》ひとりわけ騒ぐ中国の人等

短歌　ポーランド・ドイツ紀行

昔訪ねしヘンケル印《じるし》のゾーリンゲン新製品を
見つけ求むる

昼食は豚すね肉の大塊の骨つきアイスバイン
に驚く仲間

ジャガイモに酢漬けのキャベツ、アイスバイ
ンこれぞドイツの名物料理

楽しみは毎朝替る服装やファッショナブルな
団員の妻

生花の師匠にファッションデザイナー写真コレクター書道の教師も

中華料理最後の晩《ばん》餐《さん》舌《した》鼓《つづ》みビンゴゲームに湧く団員ら

## 偶感

戦乱に明け暮れ飢《き》餓《が》にたへぬきて今豊かなり
ワルシャワ・ベルリン

バチカンにヨハネ・パウロ教皇と握手せし時
思ひおこさせるワルシャワの町

時移り携帯電話で話す人多く見うけるいづれ
の街も

よき講師よきガイドにも恵まれて研修の旅も
終りに近づく

メモ代りに取りたる狂歌戯《ざ》れ歌も我にとりて
は貴重なる記録

とつくにの旅

とつくにの旅もこれにて打どめと帰国の機内
に妻と語りぬ

水あたりインフルエンザの災もなく全員無事
に成田に着きぬ

# 短歌　イスラエル紀行

神道海外交流・イスラエル宗教事情視察

平成二十二年（二〇一〇）三月八日～十四日

## テルアビブ・ベングリオン空港

関空を昼出発《た》ちパリで乗継ぎてテルアビブに
は真夜中に着く

テルアビブ乱射事件思ひ起すベングリオンの
空港に着く

空港よりホテルに向ふバス発《た》たず　はや民族
の紛争まきおこりたり

ユダヤ人のガイドとバスの運転手にいちやも
んつけるアラブのドライバー

バスなかは緊張漂ひ真夜中の午前一時にホテ
ルに着きぬ

## テルアビブよりエルサレム

ホテル出るや熱風肌にまとはりて愈々来れり
中東の地に

三月にこの暑さとは異常なりと現地の人がまこと云ふなり
＝（因みに日中33°Cあり）＝

暑くして砂埃《ぼこり》立つイスラエル春が来たよと軽装の女性

温度高く砂漠の砂舞ひ空霞むイスラエルの街を歩きはじむる

有刺鉄線張りめぐらされたる境界を見つめつつバスはエルサレムに向ふ

宗教と領土と教育問題かかへイスラエルの和
平むつかし

高速のバスの道路のチェックポイント迷彩服
の兵士たちをり

## オレンジの丘

風強きオレンジの丘に立ちてみるエルサレム
の聖地霞《かすみ》の中に

オレンジの丘の真下に白き墓幾千はあり土葬
なりとぞ

墓の型もさまざまなれどユダヤのは白く長く
て箱形にして

その昔パラオの王と結ばれし女性の墓の見つ
かりし墓地

金色に輝く屋根の岩のドーム突き出でたれば
きはたちて建つ

とつくにの旅

一神教の三つが一処に集へるは問題こじれに
こじれてなせる

アラブとユダヤの心の和解治まりて和平来る
日はいつの日なりや

車止め高速道路のかたはらにメッカ拝《おろが》む集団
のある

キリストとイスラム・ユダヤの一神教一つ処
に鎮まる難し

キリストとイスラム・ユダヤの一神教一つに
在るは解き難くして

## エルサレムの城壁

その昔《かみ》もゴミや汚物に困るらしゴミ集積地を
ば糞《ふん》門《もん》といふ

城壁に入るに手荷物検査あり終りて岩の神殿
に昇る

## とつくにの旅

ダビデ王の塔の下なる聖墳墓に鎮まる岩にイエスは眠る

岩のドーム神殿に間近き嘆きの壁ユダヤの人の一途な祈り

幾《いく》度《たび》も歴史重ねてユダヤ教からイスラム教へと替りしドーム

黄金に輝く屋根の周囲にはトルコブルーのアラビア文字の壁

白き帽子《タフリ》をば頭に載《の》せて信者らと嘆きの壁に向ひて進む

祈り《トーラ》の声間近に聞ゆる中にして壁に両手を当て瞑《めい》目《もく》す

壁のすき間に白紙に書ける願ひ事入れて両手を壁に当てたり

マホメッドが昇天せしてふ聖地の近くキリスト処刑のゴルゴダの丘あり

黄金の菊の紋章玄関にかかげ検査のきびしき
大使館

ユダヤ教キリスト教はたイスラム教共通の聖
地なるエルサレムの街《まち》

風強きオリーブの丘ゆ砂埃《すなぼこり》の岩のドームを目
を細め見る

添乗のロンさんジェスチャー交へつつユダヤ
の歴史を熱込め語る

短歌　イスラエル紀行

旧約の聖書の歴史ありありと熱入れ語る考古学者は

エルサレムの八つの門ある城壁の中は一神教の聖地集まる

一神教の三大宗教集まりて混在する歴史のむつかしさ知る

イスラムの聖地となりし岩の神殿その真下には嘆きの壁あり

（注）嘆きの壁＝ユダヤ民族の宗教と国家再建の象徴

とつくにの旅

キリストが処刑されし後《のち》の眠れる台に口づけをする老婆の姿

聖墳墓教会に眠るキリストは狭き岩石の窪《くぼ》みに鎮まる

最後なる晩《ばん》餐《さん》せしてふ部屋の壁に青きアラビア文字が目をひく

十字架を背負ひて歩きけむピア・ドローロ―サ観光客のすれ違ふ道に

（注）ピア・ドローロ―サ＝イエスがはりつけにされるゴルゴダの丘へ十字架を背負って歩いた通

## キング・デビッドホテル

キング・デビッドホテルの長き廊下には世界のＶＩＰ《ビップ》のサインが残る

殆どの横文字サインの中にして漢字の署名あり村山富市

ユダヤ教の信者入《はい》れぬ岩の神殿間近に祈る嘆きの壁を

男女分れ祈りの場所も異なりぬ男性優位の嘆きの壁は

## ヘブライ大学

色とりどりの季節の花咲くキャンパスに日本語学ぶさはやか学生

## ヤドヴェシム・ホロコースト

ヤド・ヴェシムのホロコーストの記念館言葉に出せぬ悲惨な展示場《ば》

（注）ホロコースト＝ナチスによるユダヤ人の大虐殺

白壁に各国ごとに殺されし人名彫られたる数の多さよ

団長は慰霊記念碑の前に進み花輪供へて皆黙禱す

ユダヤ人救ひし杉原千畝の名植樹とともに展示されをり

註　杉浦千畝　リトアニア領事代理の一九四〇年ナチスの迫害を受け逃げるユダヤ人に日本への通過ビザを発行。約六千人の命を救った人。

## イスラエル外務省

パスポートとられきびしきチェックあり外務
省への入室の許可

イスラエルの宗教事情語られしユダヤのラビ
の教科書の如き講話

昼食はえびチリソース魚の焼物小いかのから
あげ大皿大盛り
（注）ユダヤ教徒は動物の中で食べてよいものはひづめの分れた動物、魚は
ヒレとウロコのある魚だけで、エビ・カニ・イカ貝類は食べてはいけない

子供達に祖国の言葉のヘブライ語教へ導き伝
統守る

子供時代にユダヤの歴史ヘブライ語教へて祖
国の愛を植ゑつく

## イスラエルからヴェツレヘムへ

さわやかなヘブライ大学あとにしてヴェツレ
ヘムへ向ふパレスチナ領

それぞれの道路もアラブとイスラエル分れ作られ戦時体制

壁作り有刺鉄線張られたり長々続く道路は淋し

有刺鉄線の白き壁立つ境界線無気味な道をバス走りゆく

ヴェツレヘムに向ふ道路の検問所銃持つ兵士バスに乗込む

パスポートの提示求むる検問所するどく若き
兵士銃肩にかけ

ガスマスクの配給もありシェルター設くる義
務づけられしイスラエルの家庭《いえ》

各家にシェルター設くる義務ありとまさかの
時の用意のために

日本より来たる神道人われらユダヤ・アラブ
の緊張体感せり

タクシーの色は白なるイスラエル　ヴェツレヘムでは黄色に変《かは》る

又も又もチェックはありて車体検査に乗込んでくる銃持つ兵士が

その昔東ドイツのチャーリーなる検問所通りし時思ひ出す

ユダヤ人のガイドとバスの運転手半ばにて待つアラブ人と交代なせり

ヴェツレヘムに入《い》る事出来ぬユダヤ人運転手
ガイドはアラブ人へと

ここに来てアラブとユダヤの対立の激しさ身
に沁み暗《あん》澹《たん》となる

アラファトの写真飾れるヴェツレヘムの街の
交番に銃持つ兵立つ

## 聖誕教会

## とつくにの旅

ヴェツレヘムの高台に建つ聖誕教会イエスキリスト誕生の地とか

ヴェツレヘムの聖誕教会の石造り頑強にして要塞のごとし

石の小さき入口入れば古代の石柱モザイク教会なりき

正面に祭壇がありその前に無表情なる老牧師座す

韓国より来たるキリスト信者達聖誕教会聖地
に口づけをする

聖堂の脇ゆ小さき地下の道入れば穴倉　星印
あり

星型の真中の窪みはイエスなる誕生聖なる場
所と伝へる

イエス誕生の聖なる場所は祭壇の地下階段下
の洞窟のなか

星形の真中の窪みに触れしときイエスに出会ひし聖なる気ぞする

この聖地コンスタンチヌス大帝の母が決めしといふ説もあり

ヴェツレヘムの馬小屋に生れけむキリストのここもヘレナの決めし聖地とか

## ヴェツレヘムより死海へ

ヴェツレヘムより帰途の道路にアラブ人の露
天の縄張り争ひを見る

エブラハムヤコブの墓ある白壁の街通り過ぎ
ヘブロンの村に

ベドウィンてふ遊牧民が羊飼ふ姿を見つつ死
海へと向ふ

ユダヤ人の作りしブドウ畑いまテロ起りしよ
り放置されしまま

海抜が百米なる丘の上より下り下りて千米も
下る

砂漠の道下り下りて海抜がマイナス四一七米
の死海へ着きぬ

死海を望むリゾートホテルに一夜あかし明朝
海に入らんと寝《やす》む

## 死海に浮ぶ

短歌　イスラエル紀行

朝早く死海に出でて海に入り仰向けに浮くゆ
ったりとして

生《なま》ぬるき塩水の底はやはらかき泥ぬるぬると
足にまつはる

これまでにかかる浮游の感覚をせし事なきを
楽しみてをり

海に入り仰向けになり天仰ぎ浮游の感覚えも
云ひ難し

とつくにの旅

宇宙にありて浮游の感覚いかばかりかと死海に浮びて思ひ出だせり

中国の観光客はブランドの水着をつけてはしやぎ浮べり

海抜がマイナス四一七メートルの死海の塩海摩訶不思議なる

肉太の穴八幡の斎藤大人に君浮かべりやとひやかされをり

目を洗ひ肌のすみずみの海水を落すアフター
ケアが大切

## マサダ遺跡

赤茶けた砂岩の砦《とりで》砂漠の上にマサダの城壁偉
容をはなつ

城の歴史ビデオで習ひロープウエーに昇れば
眼前に死海広がる

その昔ローマ帝国迎へ討ちし難攻不落の城塞とかや

砂漠なれば食糧に水にその貯蔵に思案はありてマサダの城は

砂漠のなかに貯水庫作り川流し籠城はかるマサダの要塞

日中の陰なき砂岩の遺跡なれしたたる汗をふきつつ昇る

この砦にたてこもりける九六七人　三万人の
ローマ軍に立向ふ

ローマ軍の兵糧攻めにも屈せずに豊富な水と
食糧貯蔵せり

三年間戦ひぬきて終に敗れ全員自決を覚悟せ
してふ

生き残れるユダヤ人はや死を選び自決をなし
て称えられける

イスラエルの精神的な背骨となりたるマサダの砦の戦ひ
日本の武士道に似たるこの思想砦に立ちて思ひ浮べり
延々と続く砂漠と禿《はげ》岩《いわ》山《やま》を走り走りてエンゲジに着く

## 生活共同体（キブツ）

五十年《いそとせ》前砂漠地帯にボランティアが楽園築く
　生活共同体《キブツ》の組織

樹木植ゑ農作物に精を出し緑陰なす
　生活共同体《キブツ》を作る

（注）キブツ＝イスラエル共和国の農業生活共同体

六十年代にベングリオン大統領の砂漠開拓進
　めし政策

政策のなかに生れしキブツてふ共同体には住
　宅病院学校もあり

老ガイド　キブツの秀れし政策を誇らかに庭
見せつつ語る

金曜日の夜は聖なる安息日車もまばら店舗は
閉る

（注）金曜日の日没から始まるユダヤの聖なる日を「シャバット」といい、
毎週土曜日はすべてが休みとなる

## 帰国

テルアビブベングリオンの空港は検査のきび
しさ聞きしにまさる

渡航目的・人との交流・土産物の中味まで英
語の質問受け辟易す

X線の検査すませばトランクの荷物開けられ
中味の調査も

## 偶感

平和ボケしたる日本の国民に体感させたき中
東の現実

とつくにの旅

悲しもよ一神教の争ひは領土も関与し解決難し

これが最後とつくにの旅すべて終へ宅の湯船につかる豊けさ

緑なす多神教なる寛容の神社神道かみしめてあれ

とつくにの夢は砂漠をかけめぐり友との出会ひを懐かしみをり

［著者略歴］
昭和九年、岡山市出生。昭和三十四年、國學院大學大学院神道学専攻修士課程修了。國學院大學文学部講師、甲南大学文学部講師、生田神社権宮司、神戸女子大学教授、兵庫県神社庁長、神社本庁常務理事を経て、現在生田神社宮司、神社本庁長老、兵庫県神社庁顧問、神戸女子大学名誉教授、神戸芸術文化会議議長、神戸史談会会長、神仏霊場会会長。文学博士。
著書は『神道津和野教学の研究』『神社の史的研究』『神道文化研究の諸相』『岡熊臣集　上下』。編著に『神葬祭大事典』ほか。


歌集　とつくにの旅　　ISBN978-4-336-05287-2

平成22年8月1日　印刷
平成22年8月28日　発行



著書　加《か》藤《とう》隆《たか》久《ひさ》



発行者　佐藤今朝夫

〒174-0056 東京都板橋区志村1-13-15
発行所　株式会社　国書刊行会
TEL.03(5970)7421(代表)　FAX.03(5970)7427
http://www.kokusyo.co.jp





印刷・(株)シナノパブリッシングプレス　製本・(株)ブックアート